La Mariée d'hiver

Père Lolo

LA MARIÉE D'HIVER

First edition. May 22, 2024.

Copyright © 2024 Père Lolo.

ISBN: 979-8224291816

Written by Père Lolo.

Also by Père Lolo

Échos de passion
Une épouse pour un milliardaire
Le Passager Clandestin
Mauvais avec l'amour
Steve du Nouvel An
Ma Violente Valentine
La Déesse de l'île
Réclamer sa Propriété
3 fois plus de chaleur
3 fois plus de chaleur
Jaune
L'éternité du Milliardaire
Attendre pour toujours
Celui qui s'est enfui
La Caresse du Milliardaire
Mauvais Enseignant
Mon Harceleur, mon Protecteur
La Mariée d'hiver

Boone Adler est nouveau à Hollow Oak, mais cela ne veut pas dire qu'il n'a pas de plan. Il a trouvé sa fiancée et l'a payée généreusement. Il ne lui reste plus qu'à assurer sa sécurité.

Phoebe a grandi dans un monde privilégié, mais alors qu'elle passe la main à son nouveau mari, elle se rend compte que son monde était imaginaire. La bonne nouvelle est que son nouveau mari est obsédé par la rendre heureuse.

Heureux signifie quelque chose de sale, n'est-ce pas ? Tu paries! Bienvenue à Hollow Oak pour un autre groupe de frères et d'épouses !

Chapitre 1

Phoebe

"C'est lui ?" Marley regarde par-dessus mon épaule la photo de mon futur mari et j'acquiesce. La plupart des articles que j'avais trouvés sur Boone Adler dataient de plus de quelques années. Sauf que celui-ci date d'il y a quelques mois.

Bien sûr, il y avait des tonnes d'articles économiques sur lui, mais rien avec des photos et des éléments sur sa vie personnelle, à l'exception de celui-ci. C'est pour quelque bénéfice que son entreprise apporte chaque année pour mettre fin à la faim dans le monde. C'était la première fois qu'il était aperçu avec un rendez-vous. Les blogs de potins ici au Texas étaient partout.

Boone Adler est un peu un mystère pour l'élite ici à Houston. Un mouton noir, semble-t-il d'après les choses que j'ai pu trouver. Il n'est pas né dans ce monde. Son nom de famille n'avait aucune importance. Cela changera, j'en suis sûr, une fois qu'il aura son premier héritier. Mon estomac se serre en réalisant que je pourrais être celui qui portera cet héritier.

La vie de Boone a changé lorsqu'il a découvert l'or noir. Cela avait fait du bien à l'homme, mais ce qui l'avait vraiment mis sur la carte, c'était ses projets immobiliers et sa chance dans le monde financier. Personnellement, je ne pense pas du tout que ce soit de la chance. L'homme est clairement brillant, d'après tous les articles sur lui que j'avais trouvés et dévorés. Il n'apparaît peut-être pas dans les blogs à potins, mais son nom est partout dans l'actualité financière. Quelle fille n'essaierait pas de découvrir tout ce qu'elle peut sur l'homme qu'elle est censée épouser en quelques heures ?

"Qui est la femme avec lui?" Elle se penche plus près, ses cheveux violets tombant sur mon épaule.

"Pourquoi ne peut-il pas l'épouser?" Je marmonne.

Pourquoi une jalousie amère tourbillonne-t-elle en moi ? Je ne devrais pas m'en soucier, mais je mentirais si je n'admettais pas que ça fait un peu mal de le voir avec elle. Elle est belle. Dire qu'elle est à l'opposé de moi en tous points est l'euphémisme du siècle.

"Attendez! C'est un mannequin ! Christy Campbell !

"Bien sûr que oui." Je ferme l'écran de mon ordinateur portable, ne voulant plus les regarder ensemble.

«Nous pouvons nous enfuir», suggère Marley.

"Où aller?" Je renifle.

J'ai peut-être fréquenté des écoles privées chics, mais mon intelligence de la rue est nulle. Je suis assez intelligent pour savoir que je suis naïf à propos du monde, surtout quand il s'agit des hommes. Tout ce que je sais sur les relations, c'est ce que j'ai lu dans les pages de livres d'amour et auprès de mes parents. La dernière chose que je voudrais, c'est le mariage de mes parents.

"Je ne sais pas." Marley retombe dramatiquement sur mon lit.

La plupart des choses qu'elle fait sont dramatiques. Marley et moi sommes devenus rapidement amis le premier jour où je l'ai rencontrée. C'était parce qu'elle m'avait vraiment dérangé, s'immisçant dans ma chambre et s'installant comme chez elle. Nous étions six à l'époque. Un jour, sa mère Joan l'a amenée au travail. Joan veillait sur moi et gardait notre maison en ordre.

Quand Joan a trouvé sa fille dans ma chambre, je savais qu'elle avait de gros problèmes grâce au regard qu'elle avait lancé à Marley, parce que j'avais eu ce regard plusieurs fois lorsque je faisais quelque chose que je n'étais pas censé faire.

Je ne sais pas pourquoi je m'étais précipité pour lui dire que je l'avais invitée et lui avais demandé de jouer alors que je l'avais trouvée étrange et ennuyeuse au début. Après que sa mère l'ait laissée rester avec moi pendant qu'elle finissait de faire le ménage, Marley a déclaré que nous devions être amis.

« Tu n'as vraiment jamais rencontré cet homme et tu es censé l'épouser ? Et s'il suce au lit ou s'il a une petite bite ? Marley fait une grimace horrifiée. Comme si elle savait ce qu'est un mauvais coup.

«Nous nous sommes rencontrés une fois», j'avoue. Notre rencontre a duré moins d'une minute.

"Quand?!" Marley surgit pour s'asseoir sur mon lit, faisant tomber un de mes sacs à moitié remplis sur le sol. "Dis moi tout."

« Il n'y a pas grand chose à dire. Je doute qu'il s'en souvienne ou qu'il ait compris ce jour-là que j'étais la fille de Paul. J'avais emmené Beau se promener, et je n'y prêtais pas attention quand je suis descendu de l'ascenseur en bas et que je suis tombé sur lui. Il m'a dit de faire attention où j'allais. J'avais regardé mon Kindle en essayant de terminer la page sur laquelle j'étais.

Les yeux de Marley s'écarquillent.

Je lui tomberais dessus. Je ne sais pas pourquoi cet homme m'avait manqué au départ parce qu'il était construit comme un putain de tank. Il m'avait déjà mordu dessus, mais il m'avait repoussé. J'étais presque tombé sur mon butin, mais il tendit la main et attrapa mon bras.

Il m'a regardé pendant un long moment et j'étais sûr qu'il allait me dire qu'il était désolé, mais non. Il a ensuite dit quelque chose sur le fait que les petites filles ne devraient pas se promener seules dans la ville.

"Quel connard."

"Ouais", je suis d'accord. Un beau branleur avec un visage et des yeux verts que je ne pouvais pas oublier.

J'avais seulement réalisé qu'il était dans le bâtiment pour voir mon père quand je revenais de promener Beau. J'ai entendu sa voix dans le bureau de mon père, alors je suis allé me cacher dans ma chambre jusqu'à ce qu'il parte. Je n'avais plus rien entendu sur cet homme depuis ce jour. Eh bien, jusqu'à aujourd'hui.

Mon père m'a appelé dans son bureau et m'a dit il y a quelques heures de faire mes valises parce que j'allais me marier. Au début, j'étais certain qu'il se moquait de moi. Non pas qu'il soit du genre à plaisanter, mais quand même. C'était tellement hors du champ gauche. Marié? Il m'a envoyée dans une école pour filles ici à Houston toute ma vie. Je n'ai jamais eu le droit de sortir avec quelqu'un. Maintenant, je me marie.

« Votre monde est tellement bizarre, mais vous savez que ce n'est pas très rare. Vous vous mariez dans le cercle de la richesse.

« Je ne pense pas que mon père ait encore de la richesse. Il a dit que si je ne fais pas ça, nous sommes foutus.

"Putain de merde", murmure Marley à voix haute.

Une partie de moi a été choquée quand il a dit cela, mais une autre partie de moi sait aussi que mon père adore jouer et que son vice est les courses de chevaux. Je l'ai aussi entendu, lui et ma mère, se battre beaucoup ces derniers temps pour de l'argent. Avant, il ne se souciait pas de ce qu'elle dépensait. Maintenant, il est énervé si elle rentre à la maison avec ne serait-ce qu'un seul sac.

Beau doit sentir ma distance car il saute de son lit et vient poser sa tête sur mes genoux. Je ne sais même pas si je pourrai l'emmener avec moi.

"Vous savez que vous n'êtes pas obligé de faire ça", dit Marley. "Vous ne pouvez pas être vendu."

J'avais dit à peu près la même chose. C'est à ce moment-là que mon père est passé de me dire que je faisais ça à me supplier. Il a dit qu'il devait beaucoup d'argent à de mauvaises personnes. Je n'avais jamais vu mon père avoir l'air effrayé, mais il l'a fait aujourd'hui.

Il a dit d'épouser Boone Adler de temps en temps et de s'en sortir dans quelques années. Que je lui devais ça pour tout ce qu'il a fait pour moi. Il avait en fait une liste de tout l'argent qu'il avait dépensé pour moi depuis ma naissance. Une partie de moi a accepté cette folie pour m'éloigner de lui. Je n'ai jamais été aussi blessé de ma vie. Mon père n'était peut-être pas le meilleur père du monde parce qu'il n'était pas souvent là. Mais entendre qu'il a tenu un compte courant de ce que je lui ai coûté l'a profondément blessé. Malgré cela, je ne voulais pas que mon père soit blessé.

"Je vais le faire."

"Je savais déjà que tu allais dire ça, Phoebs." Marley se lève du lit pour venir vers moi. « Votre fidélité est l'une des nombreuses raisons pour lesquelles je vous aime. C'est aussi l'une de vos meilleures qualités, mais n'oubliez pas que parfois, votre meilleure qualité peut aussi être l'une de vos plus préjudiciables. Tout le monde n'est pas digne de votre fidélité. Je veux que tu t'en souviennes.

Elle m'entoure de ses bras dans une étreinte serrée. "Je t'aime aussi", lui dis-je, sachant qu'elle va me manquer plus que toute autre chose.

Chapitre 2

Boone

"C'est la chose la plus stupide que vous ayez jamais faite." Curt passe juste devant moi et se dirige vers le bar de mon bureau pour se servir un verre.

"Je ne me souviens pas de vous l'avoir demandé." Je ne lève pas les yeux de mon ordinateur tandis que je clique sur les caméras de sécurité à la porte pour voir quand Phoebe Hawthorne arrive.

La propriété est située en bordure de Hollow Oak. Le terrain était bon marché mais constituait un bon investissement à l'époque. J'ai fait construire cette maison ici pour pouvoir m'évader quand je n'avais pas d'affaires urgentes en ville. Une longue allée, longue de plus d'un kilomètre et bordée d'arbres, mène à la maison, je ne peux donc pas sortir et l'attendre sur le perron. Il y aura une alerte lorsque quelqu'un sera à l'entrée, mais je veux savoir à quel moment elle est là.

« Sa famille est endettée jusqu'aux yeux et tout le monde le sait. » Je l'entends prendre un verre, mais je ne réponds pas.

Je me demande ce qu'elle va porter. Aura-t-elle une robe de mariée ? Je n'ai pas précisé quand j'avais dit que je voulais qu'elle soit livrée aujourd'hui pour la cérémonie. Certains pensent que voir la mariée avant le mariage porte malheur, mais j'ai hâte.

"Est-ce que tu m'écoutes au moins ?" Il s'assoit sur l'un des fauteuils en cuir devant mon bureau.

"Non", je réponds et je ne lève pas les yeux.

"Boone", aboie-t-il, et je soupire en me penchant en arrière sur ma chaise pour le regarder.

"Elle est bien élevée, je te l'accorde."

«Regarde ça», dis-je d'un ton sec.

"Vous savez ce que je veux dire. Elle vient d'une famille avec un passé riche. C'est la seule chose qui sauve son père des usuriers en ce moment.

Et le fait qu'il ait accepté de vous confier sa fille unique comme un canapé usagé.

"Assez." Je pose ma main sur mon bureau. "Elle est sur le point de devenir ta belle-sœur et ma femme, alors je te suggère de te mordre la langue."

Il me regarde puis détourne le regard pendant qu'il prend un verre. "Je vous fais juste savoir que c'est une erreur."

"C'est à moi de le faire."

« Tu es obsédé », le coupe-t-il, mais je ne peux pas le nier.

Un seul regard et je ne pouvais pas la laisser partir. Ses yeux dorés me hantaient comme rien d'autre. J'ai été doué avec l'argent, les investissements, la propriété – littéralement, tout ce que j'ai touché est devenu un succès. Mais je n'ai jamais été mis à genoux par une femme auparavant.

J'étais allé au bureau de son père pour un rendez-vous qu'il avait demandé. Je n'allais pas y aller, mais je lui ai rendu service car il y a quelques années, il avait fait un don généreux à mon association caritative. Je pensais que je lui devais plutôt de l'écouter. Après que Phoebe ait failli me renverser, je suis monté à son bureau avec la tête qui tournait. je fais un plan pour retrouver cette petite femme.

Puis j'ai vu une photo d'elle sur sa bibliothèque et un plan a commencé à se former. J'ai examiné son entreprise et j'ai découvert que tout ce qu'il possédait était utilisé pour couvrir ses dettes de jeu. C'était suffisant qu'il ne puisse pas s'en sortir sans déclarer faillite. À moins que quelqu'un comme moi vienne et propose de faire disparaître tous ses problèmes. Tout ce que j'avais à faire était d'attendre mon heure jusqu'à ce que Phoebe puisse être à moi.

« Et que ferez-vous une fois que vous l'aurez retiré de votre système, hein ? » » demande Curt. "Tu vas avoir ta noix et tu seras toujours coincé avec elle."

"Répétez-le et je vous couperai la langue." Ma voix est basse et froide, et pour une fois, Curt voit que je suis sérieux.

"Qu'est ce qui ne vas pas chez toi?" Il a vraiment l'air inquiet. "Je ne t'ai jamais vu de cette façon auparavant."

Comment puis-je lui expliquer ce que je ressens alors que je ne suis même pas sûr ? Tout ce que je sais, c'est que je suis au bord de la folie, et si je ne l'ai pas bientôt sous mon toit, je vais réduire en cendres l'entreprise de son père et lui faire ramasser les cendres.

Le carillon sur mon moniteur sonne et je vois la Rolls Royce Phantom s'arrêter devant la porte. Je me lève et redresse mon costume tout en regardant mon frère.

"C'est le jour de mon mariage et tu vas rester à mes côtés et en être témoin", dis-je en serrant la mâchoire. "Alors quand ce sera fini, tu pourras foutre le camp et me laisser avec ma fiancée."

"Boone, ne fais pas ça," plaide-t-il, mais je le regarde.

« Dois-je demander à un membre du personnel d'être témoin de cela au lieu de ma propre chair et de mon propre sang ? »

Curt se lève et nous sommes face à face. Nous sommes tous les deux construits presque exactement de la même manière, mesurant six pieds cinq pouces. Ses épaules s'affaissent un peu quand il voit que je ne bouge pas là-dessus.

"D'accord, faisons ça." Il cède et avale le reste de son whisky.

Je me retourne et sors du bureau, sans attendre de voir s'il me suit. Après seulement un instant d'hésitation, j'entends ses pas sur les feuillus.

La maison est clairsemée parce que je n'ai pas besoin de grand-chose et quand je suis ici, j'aime travailler dehors sur le terrain. J'ai même campé plusieurs fois au bord du lac quand il fait beau. C'est l'endroit où Phoebe et moi logerons afin qu'il soit privé et à l'abri des regards indiscrets. J'ai une petite équipe qui vient une fois par jour, mais la nuit, nous serons totalement seuls. J'espère pouvoir détourner l'attention des médias, au moins pendant une courte période, le temps que nous nous installions.

« Tout est prêt pour vous, monsieur », dit Mme Birch une fois que j'entre dans le hall.

"Merci." Je lui ai demandé de préparer un petit repas pour Phoebe et moi après le départ des invités. Je ne fais aucun effort pour les inviter à rester plus longtemps que nécessaire. Il y a un ministre sur la terrasse qui attend pour faire la cérémonie dès que nous serons tous en place.

Les doubles portes à l'avant de la maison s'ouvrent au moment où la Rolls Royce s'arrête devant les marches. Je les descends et sens Curt dans mon dos tandis que le chauffeur arrive et ouvre la porte. Je vois d'abord M. et Mme Hawthorne, qui hochent silencieusement la tête puis s'écartent. Puis Phoebe tend la main au conducteur pour l'aider à sortir de la banquette arrière, et je n'aime pas ça.

« Bougez », j'aboie au conducteur, et il fait rapidement ce que je lui commande.

Je prends la main de Phoebe dans la mienne et la regarde dans la longue robe blanche. Elle est si belle que je dois détourner le regard ou je l'emmène ici, par terre.

"Finissons-en", dis-je en gardant sa main et en entrant dans la maison.

Je ne vais pas laisser son père la trahir, car elle est déjà à moi. Si quelqu'un est son père maintenant, c'est bien moi. La seule raison pour laquelle ils sont ici, c'est parce que je leur permets d'assister à la transaction.

Elle reste silencieuse pendant que nous traversons la maison, mais je suis trop impatient de la laisser s'arrêter et regarder autour de moi. Nous montons sur la terrasse où attend le ministre, et je lui fais un signe de tête pendant que nous attendons que tout le monde prenne place. Mon frère est derrière moi et ses parents sont derrière elle alors que la cérémonie commence.

Heureusement, c'est court, et le seul vœu que nous devons dire est « oui » avant de lui passer la bague au doigt. C'est un diamant taille ovale de sept carats et une alliance en platine assortie que j'enfile en même temps. Quand c'est son tour, ses doigts tremblent et je tiens son poignet pour la stabiliser pendant qu'elle le fait.

Je regarde ses yeux dorés tandis que tout autour de nous fond et qu'il ne reste plus que nous deux. Cette attirance que je ressens envers elle et ce besoin immense me donne l'impression que cela pourrait me consumer si je ne l'ai pas bientôt. Tandis que le ministre prononce les derniers mots et nous tend ensuite le papier pour que nous le signions, c'est à mon tour de trembler. Seul le mien vient de l'excitation.

Après avoir gratté mon nom sur le papier, je la regarde faire ses jolies boucles et même faire un cœur sur la dernière lettre de son nom.

"Est-ce que c'est ça?" Je demande, et le ministre acquiesce. En me tournant avec la main de Phoebe dans la mienne, je regarde directement son père. « Votre chèque est devant la porte d'entrée. Bonne nuit."

Chapitre 3

Phoebe

Boone s'empresse de renvoyer mes parents. Je pense qu'ils sont aussi choqués que moi par la froideur qu'il leur lance. Je regarde ma mère, m'attendant à ce qu'elle dise quelque chose, mais toute son attention est tournée vers le frère de Boone. Je pense qu'il s'appelle Curt si je me souviens bien d'un des articles que j'ai lus. Boone n'avait pas pris la peine de me le présenter.

Je ne sais pas comment prendre ça. Qui suis-je plaisantais? Je ne sais pas comment prendre tout ça, surtout comment Boone se comporte depuis que je suis arrivé ici. Je pense presque qu'il est fou. S'il est si en colère de devoir m'épouser, alors pourquoi a-t-il insisté pour cela ? Non seulement cela, faites-le si vite. J'étais à peine sorti de la voiture et il me tirait dans l'allée.

En fait, j'avais élaboré un plan pour voir si je pouvais retarder le mariage de quelques jours afin que nous puissions avoir le temps de faire connaissance. J'allais plaider que j'aimerais inviter plus de personnes et organiser ce mariage de la bonne manière. En réalité, ce n'était qu'une tactique pour gagner plus de temps afin que je puisse lancer le plan que Marley et moi avons élaboré pour ennuyer Boone. L'espoir était qu'il me renverrait chez moi, mais tant pis pour autant.

« Pas de réception ni même de dîner ? Ma mère parle enfin, mais elle regarde toujours Curt.

Je jette un coup d'œil à l'homme pour essayer de comprendre pourquoi elle le regarde. Boone se déplace pour me bloquer la vue, ce qui n'est pas difficile. Il mesure au moins un pied de plus que moi et je porte des talons. Il me regarde et je me demande ce que j'ai fait de mal. Je lui ai à peine dit trois mots à ce stade.

« Si vous avez faim, je crois qu'il y a un restaurant à Hollow Oak. Allez-y et mangez. Boone m'attrape par le poignet. « Montrez-les », dit-il à son frère.

"Je jure que maman t'a laissé tomber sur ta putain de tête", j'entends Curt dire alors que Boone commence à me tirer hors de la pièce.

"Je ne peux pas dire au revoir?" Je demande en essayant de le suivre. Il s'arrête brusquement et me regarde.

"Tu veux dire au revoir aux gens qui t'ont vendu ?" Je tressaillis et essayai de retirer ma main de son emprise. Cela ne fait que le faire resserrer son emprise sur moi. Il me fait comprendre en silence que je ne serai pas libre. "Bien. Nous nous dirons au revoir. Il commence à me guider dans cette direction, mais je secoue la tête.

"Pas grave."

"Quoi?" Il s'arrête à nouveau et je réalise que j'ai à peine murmuré les mots.

"Je n'ai pas besoin de dire au revoir." J'avale la boule dans ma gorge. Même si ses paroles font mal, elles sont vraies. Je me tourne vers eux et ils sont toujours là où nous les avons laissés. «Je ne te dois rien maintenant. On est quittes." Il peut prendre sa stupide liste et se la fourrer dans le cul.

«Phoebe», appelle mon père. Au moins, il a finalement l'air honteux. "JE-"

« Vous avez entendu ma femme. Elle en a fini avec toi, » me précise Boone. Je ne suis pas sûr que ce soit tout à fait ce que je voulais dire, mais le fait qu'il m'appelle sa femme me fait tourner la tête.

C'est stupide, parce que bien sûr, je suis sa femme. Nous avons eu la cérémonie et j'ai signé sur la ligne pointillée. Le poids de la bague qu'il a mise à mon doigt est lourd, me rappelant la propriété. Il ne faut pas l'oublier, mais c'est étrange d'entendre quelqu'un m'appeler épouse. Et maintenant, j'ai un mari.

"Avez-vous faim?" » demande Boone en me guidant dans un long couloir. Je commence enfin à admirer la belle maison. "Phoebe, je t'ai posé une question."

Il a fait? Oh, j'ai faim. Mon estomac est noué, mais je hoche la tête, inquiet à l'idée que si je dis non, nous nous dirigeons directement vers le lit conjugal. Oh mon Dieu. Je dois faire l'amour ce soir.

"Calme." Boone s'arrête et se tourne vers moi. "À quoi penses-tu? Tu es resté figé comme si tu avais vu un fantôme. Cet homme doit vraiment prêter plus d'attention à moi que je ne le pensais. Je pensais qu'il me tirait comme une poupée.

"Sexe", je laisse échapper et la chaleur me monte au visage. "J'ai peur."

« Il n'y a rien à craindre. Je ne te ferai pas de mal. Il me regarde, ses yeux verts sont plus sombres que dans mes souvenirs. Il est aussi plus beau que dans mes souvenirs. Pourquoi cet homme a-t-il besoin d'acheter une épouse ? Il doit y avoir un truc bizarre qui me manque. "Je n'ai pas mal."

"Tu promets?" Je demande, ayant le fort sentiment que Boone est un homme de parole. Je ne sais pas pourquoi, mais je peux le sentir, ou peut-être que je me mens pour ne pas sombrer dans une crise de panique.

« Je ne te ferai jamais de mal intentionnellement, mais la première fois d'une femme est... »

« Qui a dit que c'était ma première fois ?

Le nez de Boone s'évase, ses mâchoires fléchissent alors qu'il inspire. Je suis content de ne pas être le seul à avoir quelques problèmes de jalousie. Je m'interroge encore sur le modèle stupide avec lequel je l'ai vu.

"Je suppose que nous n'aurons pas à nous inquiéter de ça alors."

"Vas-tu me renvoyer?"

Était-ce si simple ? Un petit mensonge et je suis libre ? Je l'ai épousé. Peut-il récupérer l'argent qu'il a promis à mes parents même si j'ai tenu jusqu'au bout ? Est-ce que je veux même y retourner est la plus grande question.

"Non. Tu es à moi." Ses yeux sont intenses alors qu'il me tient le menton. « N'oubliez pas ça. Je ne serai peut-être pas votre premier mais je serai votre dernier. C'est tout ce qui compte." Il baisse la main et redresse les épaules. "Maintenant, as-tu faim ou pas?"

Quand j'acquiesce, il me guide dans une salle à manger trop formelle dans laquelle j'imagine de grandes fêtes organisées. Ou c'est ce que ma mère ferait avec une salle à manger de ce calibre. Mon esprit dérive vers le fait qu'il ne soit utilisé que pour les grands dîners de famille comme Thanksgiving ou Noël, qui approchent à grands pas. Peut-être même lorsque vous organisez une fête d'anniversaire avec beaucoup de monde.

Boone me tire une chaise en bout de table et je m'assois. Il attrape la serviette et la pose sur mes genoux. Je le lisse, obtenant pour la première fois un véritable aperçu de la bague géante à mon doigt. C'est presque désagréable. Je pourrais agresser quelqu'un avec ce truc. Pourtant, je me retrouve à passer mon doigt dessus. Je pense que j'aime ça si je suis honnête avec moi-même. Cela m'a pris plus au dépourvu qu'autre chose.

Boone Adler est un homme privé, d'après ce que j'ai pu comprendre. Il ne fait pas les choses pour être tape-à-l'œil ou pour essayer d'être à la hauteur d'un style de vie. Il ne joue pas à ce jeu qui agace la plupart des gens. C'est pour ça que je ne comprends pas la bague. Là encore, je ne comprends vraiment rien à tout cela.

Alors que Boone prend place à côté du mien, une vieille femme entre dans la pièce avec deux assiettes et les pose devant nous.

« Merci », dis-je, mais aussi vite qu'elle était là, elle est repartie.

"Où est mon assiette?" » demande Curt en entrant dans la salle à manger.

« Chez vous. » Boone est de nouveau levé de sa chaise, malmenant son frère pour le faire sortir de la salle à manger. Je n'arrive pas à comprendre leurs paroles dures, mais je me demande s'ils sont en bons termes. Ils doivent l'être dans une certaine mesure, sinon pourquoi aurait-il invité son frère ici ?

Boone revient quelques instants plus tard. "Tu peux manger", dit-il en sortant sa chaise et en se rasseyant. Je prends ma fourchette et pousse ma nourriture dans mon assiette. "Tu n'aimes pas ça?"

«Je n'ai pas aussi faim que je le pensais», j'avoue.

"Mme. Birch, peux-tu apporter un dessert s'il te plaît ? Boone appelle à travers la maison.

"Dessert?" Je souris.

"Pourquoi pas? Il y a toujours de la place pour le dessert même quand on n'a pas faim.

"C'est vrai." Mme Birch revient à nouveau dans la pièce, mais cette fois avec un petit gâteau blanc. "J'aime le gâteau."

"Je sais. Je pensais que nous n'aurions peut-être pas de réception, mais nous avions quand même besoin d'un gâteau de mariage.

"C'est la meilleure partie d'un mariage."

« Je ne suis pas sûr d'être d'accord avec toi sur ce point », dit-il en enfonçant le couteau dans le gâteau pour en couper un morceau.

"Alors quelle est la meilleure partie?" Il place la tranche géante dans mon assiette. Quand ses yeux rencontrent les miens, j'inspire profondément alors que la chaleur traverse mon corps en réalisant ce qu'il veut dire.

"Essayez-le." Il m'apporte une bouchée à la bouche et j'écarte les lèvres pour le laisser me nourrir. Un petit gémissement me quitte alors que la douceur sucrée frappe ma langue.

"Nous devrons accepter de ne pas être d'accord." Je me lèche les lèvres, avalant la morsure et en voulant déjà une autre.

« Nous verrons », lance-t-il en tendant la fourchette.

Je le laisse me nourrir et j'essaie de ne pas penser à lui qui me prouverait le contraire.

Chapitre 4

Boone

« Y a-t-il autre chose que je puisse obtenir pour vous, M. et Mme Adler ? » » demande Mme Birch.

"Non, merci." Je pose la fourchette à côté du gâteau et elle nous fait un signe de tête.

«Je fermerai à clé en sortant. Félicitations et bonne soirée.

En tournant mon regard vers Phoebe, je vois ses yeux s'écarquiller avant qu'elle ne baisse les yeux sur ses doigts. Elle les tord ensemble alors que Mme Birch part, et je me demande si elle est nerveuse à propos de ce soir, ou est-ce qu'elle est nerveuse d'être avec moi ?

Putain, qui est l'homme qui l'a eue avant moi ? D'après ce que j'ai découvert, elle n'a eu qu'un seul rendez-vous, et je m'en suis occupé. Si ce petit salaud met sa bite dans ma femme, je la lui casse et je la lui donne à manger.

L'horloge de grand-père dans le coin sonne et sa tête se relève brusquement au son. « Il est temps », dis-je en me levant de ma chaise.

"Pour quoi?" Elle déglutit difficilement tout en me regardant, ses yeux parcourant lentement mon corps.

"Pour mon dessert." Je repousse la chaise et déplace le gâteau sur le côté.

"Quoi?"

"Je veux voir ce que j'ai payé." J'enlève mon manteau de costume et le drape sur ma chaise alors que je commence à déboutonner mes manches.

"Ici?" Elle regarde autour de la pièce et je vois qu'elle est nerveuse.

"Oui." Une fois mes manches retroussées, je fais un pas en arrière puis je l'attrape par la taille. Avant qu'elle puisse essayer de m'arrêter, je la pose sur la table à manger et je lui tire les fesses jusqu'au bord.

"Que fais-tu?" Ses yeux sont écarquillés et ses joues sont rouges alors que ses mains se posent automatiquement sur ma poitrine.

"Je te l'ai déjà dit." Je lève la main, dénoue ma cravate et la laisse tomber par terre. Ensuite, je déboutonne le haut de ma chemise et regarde sa longue robe blanche. "Tirez vers le haut."

« Boone, je... »

« Je t'ai promis de ne pas te faire de mal. Mais j'en aurai pour mon argent. » Je croise les bras sur ma poitrine et attends qu'elle fasse ce que je lui ai ordonné.

Ses doigts jouent avec le tissu de sa robe alors qu'elle commence à la replier lentement sur ses genoux. Je garde les yeux rivés sur le bord de la robe, la regardant monter de plus en plus haut.

« Vous savez, quand un couple se marie, ils se nourrissent de gâteau ? » L'ourlet remonte un peu plus et je peux presque voir ses genoux nus.

"O-oui," répond-elle nerveusement.

"Je t'ai donné ton gâteau." Je la regarde et nous croisons les yeux. "Maintenant, je veux que tu me donnes à manger le mien."

Elle jette un coup d'œil au gâteau à côté d'elle et commence à attraper une fourchette.

"Utilise tes mains", dis-je en l'arrêtant.

Elle hoche la tête, ramasse un petit morceau et me le tend. Je ne romps jamais le contact visuel lorsque je m'avance et attrape son poignet, puis porte ses doigts à ma bouche. Je regarde dans ses yeux dorés pendant que je passe ma langue entre eux et que j'en suce le glaçage sucré. Sa bouche s'ouvre lorsque je les retire de ma bouche, puis je fais tourner ma langue sur le bout de ses doigts.

"Plus", je commande, et elle hoche la tête, déglutissant difficilement. Lorsqu'elle le tend à nouveau vers ma bouche, je secoue la tête. "Sur tes lèvres cette fois."

Elle porte le gâteau à sa bouche et le tient entre ses lèvres comme je lui ai dit de le faire. Mes yeux s'attardent sur sa bouche avant que mon contrôle ne se brise presque. En utilisant mes deux mains, je tiens son visage tandis que je me penche et lui retire le gâteau avec ma langue. Elle halète lorsque j'avale le dessert puis continue de lui lécher les lèvres. Sa langue s'élance pour toucher la mienne et je la suce juste un peu. Assez pour l'inciter à en vouloir plus.

Au moment où elle est à bout de souffle, je m'éloigne et il y a un grognement au fond de ma gorge. "Plus." Sans hésiter cette fois, elle porte le gâteau à sa bouche, mais je secoue la tête. "Sur ta chatte."

"Oh mon Dieu", murmure-t-elle.

Je remonte le reste de sa robe jusqu'à sa taille, révélant une culotte blanche et soyeuse avec une tache humide dessus.

"Est-ce pour votre mari ?" Je passe mes jointures sur le tissu trempé et elle siffle. "Donnez-moi mon gâteau, Phoebe."

Elle déglutit difficilement avant d'acquiescer et de passer ses doigts entre ses jambes. Je tire sa culotte sur le côté, révélant des lèvres nues et une petite zone de boucles sombres. Je fredonne mon appréciation alors qu'elle passe ses doigts entre eux et s'étale le gâteau partout.

"Bonne fille."

Avant d'avoir le temps d'y réfléchir, je lui tire les fesses si loin du bord de la table qu'elle doit s'allonger sur les coudes pour éviter de tomber. Tout se passe en un clin d'œil alors que je m'agenouille et enfouis mon visage dans sa chatte.

Elle crie mon nom pendant que je lèche jusqu'au centre et suce le glaçage de son clitoris. Elle a le goût d'une petite friandise innocente, et j'ai hâte de baiser chaque centimètre carré de son corps.

"La mienne", je grogne alors qu'elle essaie de s'éloigner de moi. Mes doigts s'enfoncent dans ses cuisses nues tandis que je les jette sur mes épaules et la verrouille en place. "Arrête d'essayer de me l'enlever."

«C'est trop», halète-t-elle. "Je—je ne sais pas ce qui se passe."

"Tu vas jouir sur mon visage", dis-je en suçant une de ses lèvres dans ma bouche. "Tu sais ce que c'est, pétale ?" Sa chatte ressemble à une fleur fraîche. "Sais-tu ce qu'est jouir ?"

"Je le pense?" bégaie-t-elle pendant que je suce l'autre. "Il se passe quelque chose."

"Quand vous jouissez, c'est une sensation si agréable que votre corps n'a d'autre choix que de libérer des endorphines dans votre sang." J'entoure son clitoris puis je le caresse comme un chat. "Quand je jouirai, je le mettrai en toi jusqu'à ce que je te tombe enceinte." Je plonge ma bouche plus bas et remue ma langue dans son ouverture. "Je vais jouir en toi ici." Je recommence, et cette fois, elle s'attaque à moi. "Je le ferai tellement de fois que tu l'auras dégouliner jusqu'aux genoux."

"C'est, oh mon Dieu, je pense..." Ses mots sont tous brisés alors qu'elle attrape mes cheveux et crie mon nom dans la salle à manger. C'est si fort que ça résonne dans mes oreilles, et je continue de la lécher pour le faire durer.

Je la regarde partir et je la vois perdue dans un plaisir qu'elle n'a visiblement jamais ressenti auparavant. Peu importe qui a pris sa cerise, je sais que ce premier orgasme est le mien. Et les autres aussi aussi longtemps que nous vivrons tous les deux.

Chapitre 5

Phoebe

Je me réveille en sursaut et m'assois dans un énorme lit blanc et moelleux. Il y a un magnifique auvent qui s'étend sur les côtés. La lumière pénètre à flots par les deux portes ouvertes qui mènent à la salle de bain et, d'après ce que je peux voir, toute la chambre est décorée de blanc et de douces touches d'or.

Même si je suis presque sûr que c'est le matin à cause de la lumière qui jaillit sous les rideaux fermés, la cheminée rugit dans le coin. Cette chambre est un coin de paradis et le dernier genre de chose à laquelle je m'attendrais dans la maison de Boone.

Bien sûr, il peut se permettre n'importe quel type de chambre qu'il souhaite. D'après ce que j'ai vu de la maison jusqu'à présent, lorsque j'y prêtais attention, je pouvais dire que tout était à couper le souffle. Mais cette chambre est tellement féminine et douce que je pense qu'elle est faite pour une fille. Je me demande si je suis dans une chambre d'amis, car rien dans cette pièce ne me fait penser qu'elle pourrait être celle de Boone.

Je me tourne vers le côté vide du lit, où je peux voir le contour de l'endroit où quelqu'un s'était allongé sur la couette. Il y a aussi une chaise à côté de mon côté du lit qui ne semble pas à sa place.

Un verre vide est posé sur ma table de nuit et je peux dire qu'il contenait une sorte d'alcool. Boone devait être assis ici. Veillait-il sur moi parce que je m'étais écrasé ou parce qu'il pensait que je pourrais m'enfuir ? Je n'avais même jamais pensé à cette possibilité jusqu'à présent.

Je me souviens à peine de lui qui m'a soulevé de la table et m'a transporté à travers la maison. L'orgasme m'a frappé si fort que c'est devenu une spirale descendante à partir de là. Je suppose que c'était une sorte de crise émotionnelle. Je ne sais pas comment l'appeler autrement. Je n'ai jamais vécu quelque chose comme ça auparavant. Je suis descendu fort et il a dû me mettre au lit. Je suis sûr que si nous avions fait plus, non seulement je le ressentirais, mais je m'en souviendrais aussi.

"Oh!" Je halete quand je sors du lit, réalisant que je suis complètement nue.

Je repère ma robe froissée sur le sol, mais je me dirige droit vers la salle de bain, sûre d'y trouver un peignoir ou quelque chose à enfiler.

"Putain de merde!" Je couine quand j'entre pour voir mon mari debout sous la douche. L'eau se déverse sur lui et il tourne la tête pour me regarder, ses yeux se croisant dans les miens. "Désolé!" Dis-je mais je reste là, incapable de bouger.

Mes yeux parcourent ses muscles parfaits et déchirés. Je n'ai jamais vu un homme nu auparavant. Pas en personne du moins. Il se déplace pour que son corps soit entièrement face à moi, me donnant une meilleure vue de lui alors qu'il enroule sa main autour de sa queue. Il commence à se caresser lentement et une bouffée de chaleur me traverse avant de passer directement entre mes jambes. Qu'est-ce qui ne va pas avec moi? Pourquoi je ne pars pas ?

«Viens ici», ordonne-t-il.

Mes jambes finissent par bouger, mais au lieu de sortir en courant de la salle de bain, je me dirige vers lui. Mon corps a envie de ce qu'il lui a fait la nuit dernière, et quand je m'approche, il pousse la porte de la douche. Sa main m'attrape comme une vipère et s'enroule autour de mon poignet. Il m'entraîne sous le jet chaud de l'eau avec lui avant que j'aie la chance de courir.

"Que fais-tu?" Je halete.

"Pour une fille qui a été avec un homme, vous posez des questions très innocentes." Je fais marche arrière de quelques pas, mais il me ramène seulement vers lui. Mon corps mouillé se frotte contre lui et sa bite dure se presse contre la douceur de mon ventre. "Touchez moi." C'est un autre ordre, mais je jure que j'y entends un soupçon de douleur. Depuis que je l'ai rencontré, il n'a fait que m'embrouiller.

Ma main sur sa poitrine glisse pour s'enrouler autour de sa queue. Je veux soulager la douleur qu'il ressent en ce moment. Je suis surpris de constater que sa queue est dure mais soyeuse au toucher.

Ce que je me demande aussi, c'est comment cette chose s'intègre en moi. Non pas que mon corps soit trop inquiet. Mon sexe se crispe encore et encore à cette idée. Je le veux là, et le sentiment d'être vide à l'intérieur me remplit à mesure que mon besoin devient plus intense.

"Comme ça?" Je le caresse de la même manière que je l'ai vu se faire lui-même. Un gémissement gronde au plus profond de lui et je retire ma main, effrayée de l'avoir blessé.

"Ne t'arrête pas", supplie-t-il et attrape ma main pour la ramener à sa queue. Cette fois, quand je l'enroule autour de lui, il pose sa main sur la mienne. Je suis surpris par la pression à utiliser, mais les gémissements qui viennent de lui signifient que ça doit être bon.

Son autre main attrape ma hanche et il me soutient jusqu'à ce que je heurte le mur de la douche. Je continue de le caresser, sans savoir si je bouge ma main seule ou s'il la bouge pour moi. Cela n'a pas d'importance. Je veux le voir jouir.

Je regarde sa queue coincée entre nous, voyant la tête devenir plus rouge alors que de petites gouttes de sperme perlent au bout. Ils coulent sur le côté et sur mon ventre. Je peux le voir plus clairement maintenant qu'il nous a éloignés du jet d'eau.

"Phoebé." Il crie soudain mon nom alors que tout son corps se raidit.

Du sperme éclabousse mon ventre alors que je continue jusqu'à ce qu'il lâche ma main et s'affaisse contre moi. Il enfouit son visage dans mon cou et, pour une raison quelconque, je garde mon emprise sur lui, m'attendant à ce que sa queue se ramollisse comme je l'ai lu dans les livres. C'est toujours aussi dur qu'au début.

"Boone, s'il te plaît." Je serre mes jambes l'une contre l'autre, désespérée d'avoir une sorte de friction. Les mots sortent de ma bouche avant que je réalise que je les dis.

Il me mordille le cou. "Tu veux que je mange encore ta chatte?"

"Oui."

« Dites encore s'il vous plaît. Cela semble si joli venant de tes lèvres. Il lève la tête pour me regarder.

"S'il te plaît."

«Tout ce que vous avez à faire, c'est de demander», dit-il avant de tomber à genoux devant moi, bouleversant une fois de plus mon monde.

Chapitre 6

Boone

"Alors tu as déjà eu un homme ?" Je la regarde, et même avec mon sperme répandu sur son ventre, elle rougit.

Me penchant en avant, je glisse ma langue entre ses lèvres et passe mon pouce au même endroit. Quand je l'enfonce dans son ouverture, je secoue la tête. Elle est tellement serrée que j'arrive à peine à la rentrer.

"Ne me mens pas, Phoebe. Tu es ma femme maintenant. Je la regarde pendant que je pousse mon index vers ses fesses et que j'appuie contre son trou serré. "Ta chatte est aussi serrée que ça."

"Je... j'ai peut-être menti." Elle se mord la lèvre inférieure alors que je me presse un peu plus contre ses fesses.

"Pensais-tu que je ne voudrais pas de toi si tu avais déjà été avec quelqu'un ?" J'attends, et après une seconde, elle acquiesce. "Doux pétale, tu ne te débarrasseras jamais de moi."

Ma bouche se dirige vers son clitoris en même temps que je glisse mon doigt dans son cul, et elle crie. Mon pouce entre et sort de sa chatte et elle me saisit comme un étau. Ma bite est lourde et dure, toujours sensible après avoir joui il y a à peine une seconde. Mais j'ai besoin de la baiser ou je deviendrai fou.

"Je suis trop grand pour toi." Je suis en colère alors même que je prononce ces mots. "Eh bien, je dois commencer lentement et progresser."

"D'accord." Elle est essoufflée alors qu'elle s'appuie contre le carrelage et écarte davantage les jambes.

Mon pouce bouge plus vite dans sa chatte et mon doigt dans son cul. Ma langue taquine son clitoris, mais je ne veux pas qu'elle jouisse encore. Je veux qu'elle le fasse sur ma bite. Quand je lui retire mes doigts, elle émet un petit gémissement très mignon et je souris en me levant.

"Ne t'inquiète pas, je vais prendre soin de toi." Je hoche la tête vers le siège à côté d'elle. "Mettez le pied dessus."

Quand elle fait ce que je demande, je m'avance, ma bite pointée directement vers son ouverture. Je l'attrape par la base et le maintiens fermement pendant que je passe entre ses lèvres douces et son ouverture. Elle balance ses hanches vers l'avant, avide de l'orgasme qui était si proche il y a à peine un instant. J'ai laissé le bout de ma bite reposer là, juste la tête à l'intérieur d'elle. Mon autre main glisse autour de sa hanche et revient vers ses fesses.

"N'en prends pas trop", je préviens en enfonçant mon doigt dans son cul et en la laissant s'asseoir sur la tête de ma bite.

"Oh mon Dieu." Ses mains se posent sur ma poitrine alors qu'elle se prépare.

Je me balance d'avant en arrière par petites poussées superficielles, ne lui donnant qu'un pouce ou deux à la fois. Elle saisit le bout comme si elle essayait d'en prendre plus, mais je ne la laisse pas. "Arrête ça ou tu vas blesser ta petite chatte. Vous ne pouvez pas tout prendre d'un coup.

"Ça fait tellement de bien."

«Je sais que oui, pétale. Cela me fait du bien aussi. J'enfonce un peu plus le doigt dans son cul et elle se serre. Je lui souris alors qu'elle gémit, et je recommence. "Regarde, tu me veux partout."

"Je suis si proche."

"Cette fois, je vais mettre mon sperme en toi." Je regarde l'endroit où nous sommes rejoints. "Tu te souviens de ce que je t'ai dit hier soir?" Elle hoche la tête et se lèche les lèvres.

"Tu as dit que tu allais m'élever."

"C'est exact. Tu es ma femme maintenant donc je peux faire ce que je veux.

En me penchant, je suce un de ses tétons et sens son corps se tendre. Ses ongles s'enfoncent dans ma poitrine alors qu'elle pousse ses hanches vers l'avant et vers le bas sur ma bite. Elle se cambre et crie alors que son apogée roule sur son corps.

Juste au moment où elle commence à se serrer autour de moi, je lâche la base de ma bite et je jouis en elle. C'est tellement plus dur qu'avant, et je grogne en lui injectant jusqu'à la dernière goutte. Elle crie à nouveau alors que la chaleur l'envahit, et j'enroule mes bras autour d'elle pour la maintenir éveillée. Une fois qu'elle a fini, elle devient molle contre moi et je nous entraîne à nouveau tous les deux dans le jet de la douche.

"Se sentir mieux?" Je demande en embrassant le haut de sa tête.

"Oui."

Mes lèvres descendent sur sa joue et sur sa mâchoire, puis enfin sur ses lèvres. Mon Dieu, je n'ai jamais autant voulu quelque chose de ma vie que Phoebe. Je n'arrive pas à l'embrasser suffisamment, à la toucher suffisamment, et cela me rend fou.

Techniquement, c'est notre lune de miel, donc j'ai l'intention de la garder nue dans un avenir prévisible. Au moins jusqu'à ce que je puisse la baiser complètement. Je n'avais pas besoin qu'elle soit vierge, mais savoir que je suis son premier et son dernier fait rugir de fierté mon homme des cavernes intérieur.

"Avez-vous faim?" Je demande en coupant l'eau, et elle acquiesce.

Une fois que nous sommes sortis de la douche et que je l'ai séchée, je la prends dans mes bras et la ramène au lit. Elle me regarde bizarrement quand je décroche le téléphone à côté de mon lit et appelle à la cuisine pour demander à manger.

"Est-ce un hôtel?" Elle regarde la pièce avec confusion.

"Non. J'ai dit à mon personnel que nous voulions préserver notre vie privée. Je m'assois sur le lit à côté d'elle et l'aide à s'allonger sur les oreillers. "Tu vas rester comme ça." Ses yeux s'écarquillent alors que je me penche et écarte ses genoux. «Je veux te regarder pendant que je mange. Alors je vais te manger à nouveau.

"Je dois rester au lit?"

"Tu resteras là où je t'ai mis, alors je m'assure que tu n'essaies pas de me fuir." Je croise son regard et elle se mord la lèvre inférieure. "Ne fais pas comme si tu n'avais pas joué un petit jeu avec ton ami."

"Comment saviez-vous que?" Ses sourcils se froncent.

"Il n'y a rien chez toi que je ne connaisse, pétale." Je passe ma jointure sur sa chatte et elle halète. "Tu ne t'en sortiras jamais, alors autant t'habituer à l'idée."

Il y a un fort martèlement à la porte de ma chambre et je me retourne pour froncer les sourcils face au bruit. Je sais que le personnel ne frapperait pas comme ça, donc c'est probablement mon idiot de frère.

"Putain", je jure en me levant du lit et en jetant la couverture sur son corps nu. "Reste là."

En me dirigeant vers la commode, je prends un pantalon de pyjama puis me dirige vers la porte de la chambre. Si c'est Curt, je vais l'étrangler, puis expulser son cadavre de chez moi, parce que je veux baiser ma femme. Il ferait mieux d'être content que je sois venu parce que sinon je l'étoufferais probablement à la seconde où je le verrais.

A peine la porte ouverte, je le vois debout, dans son costume. Je me glisse à travers, en prenant soin de le garder le plus près possible derrière moi.

"Qu'est-ce que tu veux, bordel ?" Je siffle.

"Nous avons un problème."

Chapitre 7

Phoebe

Boone revient dans la pièce quelques instants plus tard. Son visage est redevenu froid et illisible. Je me déplace sur le lit, serrant plus fort le drap. Ses murs sont-ils en train de remonter ? Son visage était comme ça quand je suis sorti de la voiture hier, mais je pensais que nous avions fait des progrès.

Mon Dieu, on n'a pas l'impression que c'était hier avec tout ce qui s'est passé. D'une part, il avait le doigt dans mon cul. Pourquoi est-ce ma première pensée ? Que m'est-il arrivé ces douze dernières heures ?

Je tire le drap sur mon corps pour me protéger. J'avais imaginé des relations sexuelles plus normales avec des ébats missionnaires tranquilles. Au lieu de cela, rien de tel. En fait, nous n'avons pas encore eu de relations sexuelles.

"Je dois gérer quelque chose." Il tire sur le drap, lui révélant mon corps. Ses yeux me parcourent et son expression ne fait que devenir de plus en plus en colère. « Vous pouvez vous déplacer dans la maison, mais vous n'êtes pas autorisé à en sortir. Il y a de la sécurité partout.

"Sécurité? Pourquoi avez-vous besoin de sécurité ?

« Quand tu as quelque chose de rare et de précieux, mon doux pétale, tu le protèges. D'autres essaieront de vous le prendre. Il pense vraiment que quelqu'un essaierait de m'emmener ?

Il se penche et presse sa bouche contre la mienne, et je me fond en lui. Comment pourrais-je ne pas le faire ? Je pense que c'est peut-être la chose la plus gentille qu'une personne m'ait jamais dite. Quand j'essaie de passer mes bras autour de son cou et de l'attirer dans le lit avec moi, il recule.

Il n'a plus l'air aussi en colère maintenant qu'un sourire tire sur ses lèvres. Puis quand ça tombe soudainement, je me demande ce qui s'est passé.

"Est-ce que j'ai fait quelque chose de mal?" Je demande. Je m'en fiche s'il est en colère. Le plan était de faire en sorte qu'il ne m'aime pas. Un plan qu'il connaissait d'une manière ou d'une autre. Aussi, l'autre plan pour mon éventuelle évasion, qui me rappelle que je dois mettre la main sur Marley. Je dois lui dire où je suis. Elle était censée me suivre hier soir, mais je ne suis pas sûr qu'elle ait réussi.

« Vous n'avez rien fait de mal. Je suis en colère contre les gens qui m'obligent à laisser ma nouvelle femme nue dans notre lit. Un soulagement inattendu me remplit. "Je reviens vite." Il dépose un autre baiser sur ma bouche, et celui-ci est dur. Lorsqu'il s'éloigne enfin, je vois du regret dans ses yeux avant qu'il ne se lève et n'aille dans le placard.

Une fois habillé, il revient en costume et me lance un dernier regard avant de sortir. Je reste assis là pendant un long moment, un peu perdu, ne sachant que faire de moi-même. Quand je sors du lit, je réalise que tout ce que j'ai à porter, c'est ma robe de mariée. J'avais fait quelques sacs, mais je ne sais pas où ils se trouvent.

Je m'aventure dans le placard, un peu surpris de voir tout ce que j'ai déjà acheté là-bas. Ils sont tous déballés et accrochés dans le placard à côté des affaires de Boone, mais il y a aussi un tas de vêtements avec des étiquettes dessus. J'en jette un coup d'œil et bien sûr, ils sont tous de ma taille. J'ai grandi avec les belles choses de la vie, mais certaines étiquettes dessus me font grincer des dents à ce prix.

Cela me fait vraiment penser que tout cela a dû être planifié. Je n'y avais pas beaucoup réfléchi puisque j'en avais été informé seulement vingt-quatre heures avant le mariage. Depuis combien de temps Boone le savait-il et combien de temps lui a-t-il fallu pour comploter ? La plus grande question est de savoir pourquoi.

Ne sachant pas combien de temps il me reste, je prends une paire de leggings noirs et un pull et m'habille rapidement avant d'enfiler des chaussettes moelleuses. C'est l'heure de grande écoute pour aller fouiner un peu. Pour autant que je sache, Boone aurait pu quitter la maison. Je suppose qu'il l'a fait puisqu'il était entièrement habillé en costume

Je jette un coup d'œil par la porte de la chambre comme si je m'enfuyais ou quelque chose du genre, puis je roulais des yeux sur moi-même. Je peux sortir de cette putain de pièce. Il m'a dit de ne pas quitter la maison. Je pense que cela signifie que j'ai la liberté de fouiner. Peut-être trouver un téléphone et passer un appel aussi.

Je passe l'heure suivante à me faufiler dans la maison comme un harceleur de nuit, mais je ne trouve aucun foutu téléphone nulle part. Les lignes fixes n'existent-elles pas ? De plus, cet endroit est peut-être entièrement meublé et décoré, mais les tiroirs sont vides, sans touche personnelle nulle part. C'est étrange. Cela me rappelle une maison mise en scène prête à être mise sur le marché.

"Mme. Aulne." Je pousse un cri et ferme rapidement le tiroir. Le vase au-dessus du meuble rempli de fleurs fraîches commence à tomber, mais je l'attrape et le remets en place. "Puis-je vous aider à trouver quelque chose?" » demande Mme Birch en luttant contre un sourire.

«Je suis juste curieux», avoue-je, faisant rire la femme plus âgée. «S'il te plaît, appelle-moi Phoebe. Nous n'avons pas vraiment eu l'occasion de nous rencontrer hier soir. Je lui tends la main.

"Non, nous ne l'avons pas fait." Elle me sourit vivement en me prenant la main. "M. Alder se met en tête de faire quelque chose, et rien ne l'arrêtera.

"Vraiment? Je n'avais pas eu cette impression," je taquine. "Il est intense", j'ajoute sur une note plus sérieuse, réalisant rapidement que c'est là que je devrais fouiner. Avec elle.

"Il l'est", acquiesce-t-elle. "Voudrais-tu du thé?"

"Ce serait bien." Je la suis vers la cuisine.

"Avez-vous vécu longtemps ici?" Je demande.

« Je pense que M. Alder a acheté cet endroit il y a environ cinq mois. Nous avons emménagé il y a deux semaines.

"Oh." Cela fait six mois que j'ai rencontré Boone dans l'ascenseur. « Pourquoi a-t-il fallu si longtemps pour emménager ? » Je m'assois sur l'une des chaises hautes de l'îlot de cuisine.

"Je pense que tu sais pourquoi." Elle sourit.

"Vraiment ?" C'est trop difficile de comprendre l'idée que Boone achète cet endroit pour en faire une maison familiale. Là encore, il a dit qu'il allait me mettre enceinte. Je serre mes cuisses l'une contre l'autre, en pensant à son sperme à l'intérieur de moi. Certains pourraient être encore là. Cette pensée est si brûlante que je ne pensais pas que mon corps réagirait comme il l'a fait. Je savais que j'étais attiré par lui parce qu'il faudrait être mort pour ne pas l'être. Mais ce sentiment atteint un tout autre niveau.

"Je suppose que quand tu sais, tu sais." Elle met la bouilloire sur la cuisinière.

"Où avez-vous vécu avant ?"

"La ville."

« L'avez-vous vendu ? Il se trouve à environ quarante minutes de route de la ville depuis Hollow Oak.

"Non. M. Alder possède de nombreuses propriétés. Je suppose que vous aussi maintenant.

J'ouvre la bouche et la ferme quand je réalise que je n'ai pas signé de contrat de mariage. En réalité, je n'ai rien signé d'autre qu'une licence de mariage.

« As-tu fini de m'interroger ? demande-t-elle, me sortant de ma stupeur alors qu'elle place le thé devant moi.

"Désolé."

« Ne sois pas désolé. Je comprends parfaitement. M. Alder est un homme difficile à connaître. Donnez-lui du temps », me rassure-t-elle.

"J'ai encore une question."

"Demandez."

« Y a-t-il un téléphone par ici ? J'aimerais appeler mon ami. Mme Birch fait une longue pause. « Elle a mon chien et j'adorerais le surveiller. Il me manque déjà tellement.

« Personne n'a dit que vous ne pouviez pas utiliser le téléphone. Il y a un téléphone fixe ici, dans la cuisine. Elle se dirige vers l'une des armoires et l'ouvre, révélant un téléphone. Je me lève de ma chaise dès que je le vois de mes propres yeux.

"Merci!" Je couine avant de prendre le téléphone et d'appeler Marley. Mon garçon, est-ce que j'ai beaucoup de choses à lui dire.

Chapitre 8

Boone

« Si vous pouviez arrêter de faire les cent pas et vous asseoir, nous pourrions régler ce problème », dit Tidas Combs en parcourant le contrat.

Il était mon avocat dans la ville et c'est en partie la raison pour laquelle j'ai élu domicile à Hollow Oak. Maintenant qu'il est ici à plein temps, c'est beaucoup plus facile de le joindre pour des urgences comme celle-ci.

"Ils essaient de prendre le pouvoir et ce sont des conneries", je grogne pratiquement alors que Curt s'assoit sur sa chaise et me regarde. Il est resté silencieux depuis notre arrivée, ce qui est intelligent.

"Eh bien, ce n'était probablement pas une bonne idée de leur donner assez d'argent pour le faire", dit Tidas sans lever les yeux de la paperasse.

"Putain." Je passe mes mains dans mes cheveux, me demandant comment je peux arranger ça.

Le père de Phoebe utilise l'argent que je lui ai donné pour racheter une entreprise de mon concurrent au lieu de rembourser ses dettes. Ce n'est pas vraiment l'entreprise qui le préoccupe, c'est qu'il utilise pour le faire l'argent qui allait lui sauver la mise. Il le fait comme un jeu de pouvoir pour avoir le contrôle du marché. Je ne peux que deviner qu'il pense que ce pari sera suffisant pour rembourser ce qu'il doit dès qu'il prendra le relais. Ce qu'il ne sait pas, c'est que l'entreprise qu'il veut acheter croule elle aussi sous les dettes, et tout ce qu'il fait, c'est attacher son ancre à un navire en perdition

« Ils le tueront dès que l'accord sera conclu », dit Curt, et nous nous tournons tous vers lui. « Les usuriers l'entourent parce qu'ils savent que mon frère l'a payé pour sa fille. »

"En tant qu'avocat, je vous conseille de ne pas répéter cela." Tidas lève enfin les yeux et soupire. "Ils vont le lui vendre, et je ne crois pas qu'il ait la moindre idée qu'ils ont falsifié les chiffres pour les rendre plus beaux."

"S'il va jusqu'au bout, Curt a raison." Je me frotte les yeux avec le talon de mes mains. « Cela affectera ma femme, et c'est exactement ce que je veux éviter. S'il investit cet argent dans cette affaire, ils s'en prendront ensuite à sa mère, puis à elle. J'ai déjà payé une fois et je suis prêt à recommencer, mais je ne peux pas continuer à financer sa stupidité.

"Alors laissez-les le sortir et ensuite s'installer."

Je regarde mon frère, sachant qu'il a raison même si c'est la solution la plus froide. Plus je donne d'argent à cet homme, plus il en dépensera. Il a perdu la tête et continue de creuser un trou pour essayer de revenir au sommet.

La porte sonne derrière moi et je me retourne pour voir une femme enceinte entrer dans le bureau de Tidas.

"Oh je suis désolé. Je n'avais pas réalisé que tu avais un client, dit-elle en commençant à reculer.

"Tout va bien, Valérie." Tidas va droit vers elle et la prend dans ses bras avant de l'embrasser sur la tempe et de lui murmurer quelque chose à l'oreille. Elle rit et la façon dont elle le regarde, c'est comme s'il était tout son monde.

C'est à ça que je veux que ma Phoebe ressemble quand elle me voit. Je la veux aussi pleine de mon enfant, et ma bite commence à gonfler d'en avoir besoin.

« Nous parlerons plus tard », dis-je à Tidas, et j'entends Curt protester derrière moi. « Plus tard », je répète, et il lève les yeux au ciel en me suivant hors du bureau.

Nous restons silencieux sur le chemin du retour pendant que nous réfléchissons tous les deux à ce que nous allons faire ensuite, mais lorsque nous nous approchons de la porte, Curt finit par se briser.

"Quel est le plan?"

"Je vais passer quelques appels téléphoniques et voir si je peux menacer l'entreprise de conclure cet accord."

"Tu ne pourrais pas simplement le racheter sous lui ?"

«Je pourrais, mais cet idiot va simplement se retourner et acheter autre chose. Il a été stupide avec ses investissements, et maintenant il double la mise à la dernière seconde pour essayer de toucher gros. Il joue avec la vie de sa famille comme si c'était Vegas. Je soupire alors que les portes s'ouvrent et fais un signe de tête à la sécurité. « De plus, je ne veux pas de l'entreprise si elle échoue. Ce que je veux, c'est qu'il rembourse ses dettes et qu'il aille vivre une vie tranquille où je n'aurai plus jamais de nouvelles de lui.

"Un vœu pieux", dit Curt alors que nous sortons de la voiture et qu'il se dirige vers l'endroit où il est garé dans l'allée. "Je serai là demain et tu pourras me dire comment ça se passe."

«Appelle avant de venir», je lui aboie et il rit.

« Qu'est-ce qu'il y a de amusant là-dedans ? »

Je lui lance un regard renfrogné, il rit et quitte la propriété. "Connard", je siffle alors que je me dirige vers la maison et directement vers mon bureau.

Je n'aimerais rien de plus que d'aller trouver Phoebe et de tomber sur son corps doux tout de suite, mais je dois passer ces appels et m'occuper de cette merde. Plus tôt ce sera fait, plus vite je pourrai féconder ma fiancée. Je suis prêt à la faire roder pour pouvoir la monter quand je veux.

C'est longtemps plus tard que j'arrive enfin à joindre quelqu'un au téléphone et à m'asseoir sur ma chaise pour écouter sa version de l'histoire. Je joue avec le stylo sur mon bureau pendant qu'ils parlent sans cesse de capitaux nets et de portefeuilles d'investissement. J'y prête à peine attention parce que je veux juste arriver au moment où je leur dis qu'ils ne peuvent pas vendre.

La porte de mon bureau s'ouvre en grinçant et je suis surprise car Mme Birch ne me dérange jamais. Quand je vois Phoebe regarder autour de lui, je lui souris, relâchant enfin une respiration dans mes poumons que je ne savais pas que je retenais. Pendant tout ce temps, j'ai essayé de la protéger et de ne pas penser au pire résultat possible.

Elle entre et ferme doucement la porte derrière elle. Je lève la main et lui dis silencieusement de venir vers moi.

Elle s'approche lentement et je vois qu'elle porte des leggings qui collent à ses cuisses épaisses et à son cul rond. Je serre la mâchoire parce qu'elle devrait être en robe. Je veux un accès facile à elle à tout moment.

Lorsqu'elle contourne mon bureau, je tourne ma chaise sur le côté pour avoir le téléphone contre mon oreille droite et elle se tient entre mes jambes. Je suis déjà tellement dur pour elle, et la voir se mordre la lèvre inférieure me donne envie de sa bouche autour de ma bite.

Je tire sur ses leggings, essayant de les baisser, et quand elle réalise ce que je veux, elle commence à m'aider. Elle laisse sa culotte et je montre le sol devant moi. Il lui faut une seconde avant de comprendre ce que je veux dire et de s'agenouiller. Ses yeux s'écarquillent lorsque mes mains se posent sur ma ceinture et que j'ouvre mon pantalon. Ma bite jaillit de mon caleçon entre nous, dure et palpitante pour attirer l'attention.

Assis sur ma chaise, je garde le téléphone près de mon oreille pendant que je la regarde se lécher les lèvres et se pencher en avant. Elle me saisit par la base et me lèche timidement la tête. Elle ferme les yeux et j'ai l'impression qu'elle en savoure le goût. Putain, je ne vais pas durer.

"Écoutez, John, je peux comprendre votre situation." Je dois avaler difficilement quand ses lèvres charnues recouvrent ma bite et qu'elle creuse ses joues pour me sucer. "Mais j'ai besoin que tu travailles avec moi."

En saisissant ses cheveux d'une main, je la maintiens fermement pendant qu'elle monte et descend, prenant de plus en plus de moi à chaque fois. Elle est tellement douée pour me sucer que je me demande si elle s'est entraînée avec des sucettes. Quand sa langue m'entoure, je dois fermer les yeux car sa vue est de trop.

« Je vais vous envoyer une proposition dans une heure. J'aimerais que vous l'examiniez et que vous me rappeliez. Je veux que tu refuses ça en vaut la peine. Il dit quelque chose à l'autre bout du fil que je ne comprends pas parce que je suis trop occupé à regarder ma femme dans les yeux pendant qu'elle avale ma bite. "Oui, parle plus tard."

Dès que je raccroche le téléphone, je prends Phoebe dans mes bras.

"Est-ce que j'ai fait quelque chose de mal?" Ses lèvres sont si douces à force de me souffler que cela me rend encore plus dur.

"Non, je ne voulais juste pas te foutre en l'air." En passant la main entre nous, je tire sa culotte sur le côté et vois qu'elle est trempée. "Putain, tu es trempé."

Elle pousse un petit gémissement très doux pendant que je passe ma bite dans ses plis et que je la pousse en elle. Je suis arrêté par sa barrière étroite à quelques centimètres seulement, et elle pleure sous l'effet de la douleur.

"J'aurais aimé que ça ne fasse pas mal, mais il est grand temps pour moi de baiser ma femme." J'enfonce un peu plus et elle s'étire, ses ongles s'enfonçant dans ma poitrine.

Je ne suis pas encore complètement entré, mais même à mi-chemin, j'ai fait éclater sa cerise et j'en vois la petite traînée sur ma bite. Putain, j'aimerais pouvoir lui lécher la chatte maintenant et la goûter, mais je suis gourmande et je veux jouir en elle comme ça.

Je passe mon pouce sur son clitoris, et elle se serre autour de moi et crie. Je le fais encore et encore jusqu'à ce qu'elle appuie dessus, prête à se libérer. En utilisant mon autre main pour bouger un peu ses hanches de haut en bas, je branle le bout de ma bite avec sa chatte. Il suffit de la voir sur moi, je rejette la tête en arrière et je tire à l'intérieur d'elle. Son propre orgasme se déclenche au même moment et elle se serre autour de moi, désespérée de s'accrocher à ma bite.

Chapitre 9

Phoebe

Mon corps est pâteux et je ne suis pas sûr de pouvoir bouger à nouveau. Je resterai allongé ici sur le bureau de Boone pour le reste de ma vie, et pour le moment, je m'en fiche. Autrement dit, jusqu'à ce qu'il bouge pour m'embrasser. Je halete parce que l'action fait que sa bite me remplit davantage. Je pensais qu'il était entré complètement à l'intérieur, mais j'avais tort. Je suis tellement rassasié que je ne pensais pas pouvoir en supporter beaucoup plus. Je jure qu'il y a toujours plus chez cet homme. Je sais qu'il est entré en moi, et même maintenant, une partie de cela se transmet entre nous. C'est un mélange de nos deux plaisirs, et je ne peux pas dire que ce ne soit pas chaud.

"Il y a plus?" Je demande entre deux baisers.

"Il y en a, et même si je veux t'enfoncer jusqu'au bout, je ne risquerai pas de te blesser plus que je ne l'ai déjà fait", dit-il avant de m'embrasser en même temps qu'il se retire. Je gémis contre sa bouche. Le mélange de douleur et de plaisir n'est pas celui auquel mon corps est habitué. « Ne bouge pas », ordonne-t-il en se mettant à genoux près du bureau.

Je le regarde passer deux doigts de haut en bas dans les plis de mon sexe pendant que ses yeux y sont fixés. Chaque fois qu'il passe devant mon clitoris trop sensible, je sursaute. Il continue de le faire jusqu'à ce que je gémisse à nouveau. Mon corps en redemande déjà.

"Boone."

« Tellement gourmand. Tu ne t'es pas touché, pétale ? Donnez-vous une sorte de libération ? Je secoue la tête alors que je commence à rougir. C'est fou parce qu'il est à genoux et m'inspecte entre mes jambes en ce moment. «Je veux des mots», ordonne-t-il, et ses doigts arrêtent de bouger sur moi.

"Non", j'avoue.

"Je me baise la main tous les jours depuis que tu as pressé ton doux petit corps contre le mien. Tu me suppliais de t'avoir.

"Vous m'avez eu", je souligne. Les choses changeront-elles parce qu'il a obtenu ce qu'il veut ? Restera-t-il seulement jusqu'à ce qu'il sache que j'ai son enfant en moi ?

"Je n'en aurai jamais assez." Son souffle chaud chatouille ma peau alors qu'il se penche et fait tourner sa langue autour de mon clitoris. Il ne s'arrête pas jusqu'à ce que je jouisse à nouveau pour lui. Il ne lui faut pas longtemps pour m'y amener, et plus que tout, ce sont ses paroles qui m'excitent. Je prie pour qu'ils soient vrais.

"Je t'ai", dit-il en me soulevant du bureau et en me transportant à travers la maison. Il ne s'arrête pas jusqu'à ce qu'il me dépose sur le lit quelques instants plus tard.

"Boone." Je l'attrape quand je réalise qu'il ne va pas s'allonger avec moi.

"Je ne vais nulle part, pétale, mais je dois prendre soin de toi." Il me caresse la joue. Comment cet homme peut-il être si intense et dominateur à certains moments et plus doux que tout ce que j'ai jamais connu dans d'autres ? Je ne comprendrai jamais, mais je lui fais confiance.

Je relâche mon emprise sur lui, ce qui me vaut un sourire alors que je roule à mes côtés et le regarde entrer dans la salle de bain. Je l'entends ouvrir l'eau, et un peu plus tard, il sort de la salle de bain pour me chercher. Il me ramène dans la salle de bain puis me dépose dans une baignoire géante déjà remplie d'eau. Je l'attrape et il regarde ma main.

"Tu veux que je rentre avec toi ?"

"Oui", je réponds sans réfléchir.

"D'accord." Il se déshabille puis entre dans le bain derrière moi. Il m'entoure de ses bras, me tirant en arrière pour m'allonger contre son corps géant. Je me sens si petite et délicate contre lui.

Je me tourne sur le côté pour poser ma joue contre sa poitrine. "Pourquoi as-tu fait tout ça ?" Je demande en fermant les yeux. Je ne sais pas si je veux connaître la réponse. Et s'il disait quelque chose à propos d'un homme qui a besoin d'une femme et rien de plus ? Aussi fou que cela puisse être, je pense que je suis peut-être déjà en train de craquer pour lui, et cela me mettrait quelques grosses coupures dans le cœur.

«Je ne pouvais pas arrêter de penser à toi. Cela a commencé à me rendre fou. Quand je le regarde à travers mes cils, il me regarde comme s'il attendait sa propre réponse.

"Je suis presque sûr que tu as dit quelque chose sur le fait que les petites filles ne devraient pas sortir seules", lui rappelle-je.

« Tu ne devrais pas sortir seul. Pourquoi penses-tu que tu vis derrière une porte protégée maintenant ?

« Est-ce pour ça que tu as acheté cet endroit ? Pour avoir un endroit où me mettre ?

"Je suis ici avec toi, alors je me suis mis ici aussi." Je le regarde, pas sûr d'être entièrement d'accord avec cette réponse. J'en veux plus, mais je laisse tomber pour le moment. Je suis bien plus loin que je ne le pensais à ce stade avec mon nouveau mari.

"D'accord", je réponds en posant mon visage contre sa poitrine.

« C'est nouveau pour moi, pétale. Donne moi du temps. Je n'ai pas l'habitude de... » Il s'interrompt.

"Répondre aux gens."

« Marié depuis un jour et je termine déjà mes phrases. »

Un rire traverse mon corps et quand je le regarde à nouveau, un sourire illumine son visage. Je jure que ses yeux vert foncé normaux brillent même en ce moment. Il a l'air tout à fait heureux en ce moment et ne semble pas gêné par mes questions. Je décide qu'étant donné qu'il est de si bonne humeur, je devrais continuer.

"Comment ça, c'est nouveau pour toi ?" Dis-je avant de perdre courage. Je ne veux pas vraiment connaître son passé. Je veux dire, je l'ai fait quand je l'ai recherché sur Google, mais plus tellement maintenant. Maintenant, il a fait ce commentaire et je suis curieux.

"Je n'ai jamais vécu avec une femme ni répondu à une femme non plus."

"Tu me réponds?" Je me retourne davantage et m'assois sur ses genoux. Il est toujours aussi dur et sa queue effleure mon sexe. Je grimace avant de pouvoir me rattraper, et un profond grondement le quitte.

« Putain, pétale. Est-ce que ça fait si mal ? Il commence à s'asseoir, mais j'appuie sur sa poitrine et il s'arrête.

«Je suis sensible, mais je vais bien», je le rassure. Il se réinstalle dans l'eau du bain.

« Ouais, je te réponds. Tout ce que je fais maintenant est en pensant à toi.

"Vraiment?" Je souris, aimant ce son.

"N'est-ce pas un mariage?" il demande.

"Pas pour tout le monde. Certainement pas ceux avec lesquels j'ai grandi.

«Je veux un mariage heureux avec toi, pétale. Je t'ai dit hier que je ne voulais jamais te faire de mal.

"Je pensais que cela signifiait physiquement."

"Putain non!" il aboie. "Je ne te ferai jamais de mal." Je me penche et embrasse son visage en colère jusqu'à ce qu'il commence à se détendre, et cela me montre à quel point ses paroles sont vraies. Avec quelques baisers, je peux le faire changer d'humeur. "Arrêtez", grogne-t-il lorsque mes baisers deviennent plus profonds et plus longs. "Fille gourmande."

"Tu m'as fait ça," je le taquine en mordillant sa lèvre inférieure. Un interrupteur a été actionné dans mon corps.

"Nous devons sortir de cette baignoire." Je couine quand il se tient facilement avec moi dans ses bras et sort prudemment de la baignoire. Il me dépose puis me sèche. "Mme. Birch a dit que tu n'avais bu que quelques gorgées de thé.

"Elle te donne des notes?" Je lève un sourcil. J'avais un pressentiment, mais j'espérais qu'elle pourrait m'en tendre.

« Elle se demandait quand nous pourrions avoir envie de manger à nouveau. Dois-je demander des notes ?

"Non." Mes dents s'enfoncent dans ma lèvre inférieure et il me regarde avec méfiance.

«Je vais laisser tomber celui-ci», cède-t-il. "Pour l'instant." Le sourire narquois qui joue sur ses lèvres me fait fondre le cœur.

Je pense que je tombe un peu plus amoureuse de lui.

Chapitre 10

Boone

Après m'être assuré que Phoebe mange et que je l'ai mise au lit, je retourne à mon bureau pour terminer ce que j'ai commencé plus tôt. Elle était la distraction parfaite au moment où j'arrivais au point où j'allais perdre le contrôle.

Une fois cela fait, j'appelle le bureau de son père et je découvre où il se trouve. Je pense qu'il est temps que j'aille directement à la source de tout cela, même si j'ai des plans en place pour protéger ma femme. Je dois faire tout ce que je peux pour assurer sa sécurité, et cela inclut faire ce que je dois faire lorsqu'il s'agit de m'occuper de son père.

Sa secrétaire m'informe qu'il déjeune au Rosebriar, l'un des plus beaux restaurants de la périphérie de Hollow Oak. Bien sûr, c'est aussi le plus cher, donc je ne suis pas choqué qu'il soit là. J'envoie un message à Curt pour lui faire part de mes projets et il me dit qu'il me retrouvera là-bas.

Même si mon frère m'énerve, il est loyal comme aucun autre. Maintenant que Phoebe est ma femme, il va intervenir et la protéger aussi. C'est ma femme, donc elle est aussi bonne que sa sœur. Je n'ai pas forcément besoin de renfort au restaurant, mais l'avoir à proximité me fera me sentir mieux.

Lorsque j'arrive au restaurant, le voiturier me propose de prendre ma voiture. Je lui fais signe de partir et lui dis de laisser tomber d'emblée ; cela ne prendra pas longtemps.

À l'intérieur, l'hôtesse propose de m'asseoir, mais je vois Sherman Hawthorne assis à la table près de la fenêtre offrant la meilleure vue. Il y a une jeune femme à table avec lui et les cheveux sur ma nuque me piquent. Je n'aime pas à quel point ils sont assis ensemble, même si ce ne sont pas mes affaires. Les sentiments de Phoebe sont ma seule préoccupation, et ces conneries sont embarrassantes pour elle comme pour lui.

Je me dirige droit vers sa table sans m'arrêter et me place à côté de la jeune femme, sans prendre la peine de la regarder. Je garde mon regard fixé sur Sherman, et quand il lève enfin les yeux et me reconnaît, son visage pâlit.

"Ton ami doit partir", dis-je en serrant les dents.

"Amanda, pourquoi ne m'attends-tu pas au bar?" Il déglutit difficilement et lui fait un sourire tremblant. "Je reviens dans une seconde."

"Pourquoi? Je pensais que nous allions manger. Elle se lève à côté de moi et je peux sentir ses yeux parcourir mon corps de haut en bas.

Cela me met en colère et j'éloigne d'elle une chaise et la place à côté de Sherman, m'asseyant.

"Très bien", dit-elle sèchement, puis j'entends ses talons claquer sur le carrelage.

« Elle n'est même pas légale », lui dis-je une fois qu'elle est hors de portée de voix.

Le visage de Sherman passe du blanc au rouge en un éclair. "Elle m'a montré sa carte d'identité." Il a l'audace de paraître indigné.

"Je ne suis pas là à cause d'elle." Je me penche en avant et remarque qu'il tient sa serviette dans sa main comme un lâche. « Où est l'argent que je t'ai donné ?

Ses mains se détendent un peu et il secoue la tête. « Vous ne le récupérerez pas. Un accord est un accord.

"Je t'ai payé pour que tu ne fasses pas faillite, mais maintenant j'entends dire que tu cours partout en ville pour jeter de l'argent et évidemment pour payer des rendez-vous." Je hoche la tête en direction du bar. « Combien lui as-tu promis ? »

"Ce que je fais avec l'argent que vous m'avez donné ne vous regarde pas." Il redresse les épaules et se renverse dans son fauteuil. "Il s'avère que j'ai la couleur maintenant, et j'en ai encore plus."

« Menteur », je siffle, et il me coupe les yeux.

"Tu ne sais rien."

« Je sais que si vous ne remboursez pas ces usuriers, ils vous tueront non seulement, mais aussi votre femme et votre fille. Pensez-vous qu'il y a quelque chose que je ne ferais pas pour protéger Phoebe ?

Il déglutit difficilement mais ne me répond pas.

"Vous pariez toujours sur un cheval perdant, et si vous ne l'avez pas encore réalisé, c'est vous qui êtes le cheval."

Il se lève brusquement de la table, et moi aussi. S'il veut provoquer une scène, je serai plus qu'heureux de l'aider à le faire. J'entends quelqu'un arriver derrière moi et je sais instantanément que c'est Curt.

"Ne me dites pas que j'ai raté tout le plaisir", dit-il en donnant une tape dans le dos de Sherman.

"Cette discussion est terminée", dit Sherman, s'éloignant du contact de Curt.

"Voici ce que tu vas faire", dis-je en enfonçant mon doigt dans sa poitrine. « Vous allez utiliser l'argent qu'il vous reste pour rembourser vos dettes. Ensuite, vous allez vendre tout ce que vous avez pour finir de rembourser ce que vous avez déjà dépensé.

« Et se retrouver sans rien ? Il a l'air horrifié à cette pensée. « Comment vais-je vivre ? »

"Comme un homme qui essayait de corriger ses erreurs." Je me penche près de lui. "Parce que ce que vous faites en ce moment vous rend inférieur aux usuriers qui vous tueront si vous ne le faites pas."

"Tu ne le sais pas." Même ses paroles ne semblent pas crédibles.

Je ne peux m'empêcher de rire en secouant la tête. « Je sais qu'il vous reste environ quarante-huit heures avant que le marteau ne tombe. Si j'étais toi, je commencerais à réparer mes torts maintenant au lieu d'essayer de baiser un mineur et de dépenser tout ton argent dans une entreprise en faillite.

La dernière partie de ma phrase est la seule chose qui suscite une réaction de sa part avant qu'il ne reprenne ses traits. Il tire légèrement sur le nœud de sa cravate et déglutit péniblement.

«J'ai besoin de plus d'argent», dit-il doucement. "Écoutez, je sais que j'ai fait des erreurs, mais je suis accro."

Maintenant, il essaie de me faire valoir son histoire de cœur saignant pour plus d'argent ? J'emmerde ce type.

« Quand vous ferez ces choses, je veillerai à ce que l'on prenne soin de vous, mais pas avant. Est-ce que tu me comprends? Vous leur paierez ce que vous avez, puis vous vendrez tout pour combler la différence. Quand ce sera fait, nous pourrons parler.

Il n'est pas d'accord, mais il ne me dit pas non plus de me mettre mon offre au cul. Au lieu de cela, il me regarde fixement, puis Curt avant de nous dépasser et de se diriger vers la porte d'entrée. Heureusement, il laisse la jeune femme au bar. Au moins, il a fait un bon choix aujourd'hui.

«Je dois y aller», dis-je à Curt. "Je ne veux pas laisser Phoebe seule trop longtemps."

"Et la fille?" Il fait un signe de tête vers le bar, ayant visiblement vu plus de choses que je ne le pensais.

"Prends en soin." Je soupire. "La dernière chose que je souhaite pour ma femme en ce moment, c'est un scandale."

"C'est fait." Il hoche la tête et se dirige vers le bar.

Il y a quelque chose dans tout ça qui ne va pas. C'est peut-être parce que je ne suis pas à côté de Phoebe en ce moment, mais il y a une sensation dans mon estomac qui me rend nerveux. Je dois rentrer à la maison et la surveiller pour m'assurer qu'elle va bien. Je sais que je me sentirai mieux une fois que cette situation avec son père sera réglée.

Chapitre 11

Phoebe

Un de ces jours, je vais me réveiller et mon mari sera dans ce lit avec moi. Même s'il n'est pas au lit, je ne peux m'empêcher de sourire. Je sais que c'est fou, mais je pense que je suis amoureux. Cet homme m'a acheté il y a quelques jours, et là, je pense que je suis amoureuse de lui. Je suis presque sûr que le syndrome de Stockholm met plus de temps à se manifester, il doit donc être réel.

Je sors du lit et trouve rapidement quelque chose à porter avant de partir à la recherche de mon mari. Peut-être que je suis un peu collant ? Je me demande si cela l'éteindrait, mais rejetterait ensuite l'idée. S'il ne voulait pas que quelqu'un soit collant, il n'aurait pas dû se marier.

Le premier endroit où je vais est le bureau de mon mari pour jeter un coup d'œil à l'intérieur, mais sa chaise est vide. C'était le seul endroit où je n'avais pas vraiment fouiné auparavant. Je sais qu'il m'a dit que j'avais carte blanche, mais en grandissant, je savais que le bureau de mon père était toujours interdit.

Incapable de m'en empêcher, je me promène à l'intérieur et m'assois à son bureau. Je jette un coup d'œil dans quelques tiroirs mais je ne vois rien d'intéressant jusqu'à ce que j'ouvre le tiroir du haut. Il y a un dossier avec mon nom de famille griffonné dessus. Il pourrait tout aussi bien être marqué « lisez-moi » en caractères géants clignotants.

Je me mordille la lèvre inférieure, me demandant si je devrais la laisser tranquille. Une partie de moi veut regarder, mais une autre partie de moi a peur de trouver là quelque chose qui pourrait changer ce que je ressens. Je ne veux pas changer. Je suis heureux même si c'est idiot et naïf.

"Phoebé." Je saute de ma chaise quand j'entends mon nom appelé. La porte du bureau s'ouvre une seconde plus tard et je vois Mme Birch debout.

«Je cherchais Boone. Je ne fouinais pas, lâchai-je.

« Baissez les mains, chérie », rit-elle. Je réalise que je les ai relevés pour montrer qu'ils sont vides. "C'est ta maison. Ce n'est pas de l'espionnage.

"Droite." Je laisse tomber mes mains.

"Je voulais vous faire savoir que Beau arrivera sous peu."

« Beau ? Vraiment?!" Je suis un peu surpris.

« Oui, j'ai fait remarquer à M. Alder que vous aviez un chien plus tôt, et il l'a fait venir. Ils sont à quelques minutes.

"Merci." Je retiens mes larmes.

"Je ne pense pas qu'il y ait grand-chose que M. Alder ne vous donnera pas si vous le demandez."

Le sourire est si grand sur mon visage que ça fait presque mal. "Merci encore", je lui dis.

"C'est avec plaisir, chérie", dit-elle avant de quitter le bureau en me laissant seul.

Je dois arrêter de penser que tout ce qui vient avec Boone va être mauvais. Il ne me l'a pas montré du tout. Au contraire, toutes ses réactions à mon égard finissent par être les meilleures choses qui me soient jamais arrivées.

J'ouvre le tiroir et sors le dossier. À l'intérieur, je vois des photos de moi et, en feuilletant quelques-unes, je rassemble rapidement qu'elles datent toutes des six derniers mois. Je ris quand j'en vois un de la nuit où j'ai essayé d'aller à un rendez-vous sournois et ça a été complètement gâché. Je suppose que cela résout cette petite énigme.

C'est un peu fou et obsessionnel, mais la chaleur commence à s'accumuler entre mes cuisses. Je les presse l'un contre l'autre, remarquant que je ne suis pas aussi tendre que je le pensais. Je laisse le dossier ouvert sur son bureau, sans cacher ma surveillance. Je veux qu'il sache que je sais. Quelle que soit cette obsession folle et exagérée qu'il a pour moi, je suis dedans. Je ne veux pas qu'il le cache. Peut-être que je suis un peu fou aussi.

Lorsque j'entends un carillon, je quitte le bureau et me dirige vers l'avant de la maison. Ce n'est que lorsque j'ouvre la porte d'entrée que je me souviens que Boone m'a dit de rester à l'intérieur et que je n'étais pas autorisé à sortir. Là encore, c'est à ce moment-là qu'il a pensé que je pourrais essayer de m'enfuir. Je ne peux pas le fuir, pas maintenant.

Une camionnette blanche emprunte la longue allée circulaire et ralentit lorsqu'elle m'atteint. Je peux voir Beau assis sur le siège passager avant et me regardant.

« Il est beau », dit Mme Birch en venant se placer à côté de moi sur le pas de la porte.

Le chauffeur arrive et nous sourit tous les deux avant d'ouvrir la porte passager pour laisser Beau libre. Il saute et court droit vers moi. Je tombe à genoux, lui ouvre les bras et retombe sur mes fesses quand Beau se jette sur moi.

"Merci, Tomas," dit Mme Birch, prenant le sac des mains de l'homme plus âgé et je vois qu'il contient les affaires de Beau à l'intérieur.

"À tout moment." Il lui fait un clin d'œil.

"Merci beaucoup", je lui crie alors qu'il remonte dans la camionnette pour partir. "Rencontrez Beau." Je téléporte Mme Birch.

"C'est un grand gars." Elle se penche pour le caresser.

"Mais il a tout cœur." Beau se retourne dans mes bras alors qu'un SUV noir s'arrête ensuite dans l'allée.

"Est-ce que c'est Boone ?" Je demande en me levant alors qu'ils se rapprochent.

«Non, entrez», dit Mme Birch. "Ils ont dû se faufiler lorsque Tomas a franchi les portes." Elle fouille dans sa poche et en sort son téléphone.

"Beau!" J'appelle pour le récupérer, mais il est hors du porche et regarde le SUV arriver.

"À l'intérieur." Mme Birch me tire par le bras, essayant de me faire rentrer dans la maison, mais je ne quitte pas Beau, qui aboie maintenant comme un fou. J'arrache mon coude de la prise de Mme Birch lorsque le SUV s'arrête et que deux hommes en sortent. J'enroule mes doigts autour du col de Beau et je tire.

"Beau", je le supplie, mais le chien est en mode protection totale.

«Je comprends pourquoi il a payé autant pour elle», dit l'un des hommes. Ils semblent tous les deux avoir à peu près l'âge de Boone mais peut-être un peu plus.

«Oh ouais», répond le gars qui conduisait. Il est grand et mince avec des cheveux bruns courts et ondulés. Je peux sentir leurs yeux sur moi. Tout en moi sait que quelque chose ne va pas.

"Tu dois partir." Mme Birch s'avance. Ils l'ignorent tous les deux alors qu'ils se rapprochent.

Je tire sur le col de Beau et, heureusement, il ne se bat pas contre moi, mais je sens qu'il le veut.

"Elle est plus jolie que les mannequins avec qui Boone avait entendu parler." J'ai l'estomac noué en repensant à l'article que j'avais lu en ligne il y a quelques jours.

"Je suis presque sûr qu'ils sortent toujours ensemble", dit le chauffeur avec un sourire narquois.

Je gèle. Non seulement d'après ses paroles, mais le plus petit aux cheveux noirs sort soudainement une arme à feu.

"Je t'ai dit de partir!" Mme Birch crie cette fois.

« Nous n'allons nulle part. Pas tant que nous n'aurons pas obtenu ce pour quoi nous sommes venus », dit le grand, les yeux rivés sur moi.

Chapitre 12

Boone

« Au secours ! » Mme Birch crie dans le téléphone et j'ai failli quitter la route en courant.

"Que se passe-t-il? Où es-tu?" Je crie, et on dirait qu'elle laisse tomber son téléphone. J'entends quelqu'un crier et un frisson me parcourt le dos. C'est Phoebe. Je le sais dans mon âme. "Putain."

La ligne est coupée et j'appelle la sécurité de la maison. Comment diable est-ce arrivé ?

«Monsieur», dit mon chef de la sécurité lorsqu'il répond au téléphone.

"Putain, où est ma femme?" Je suis à environ un kilomètre et demi, mais je vais aussi vite que possible.

« Il y a une impasse dans l'allée, monsieur. Quelqu'un a franchi le portail en courant au moment où une autre voiture partait, et maintenant ils ont votre femme en otage à l'intérieur de votre maison.

J'ai failli écraser le téléphone dans ma main, mais j'y parviens lorsque je tourne le volant et que mes pneus crissent. Les portes de l'allée ont l'air d'avoir été ouvertes, et je les franchis sans me soucier si ma voiture est endommagée. Au loin, j'aperçois un SUV sombre mais rien d'autre.

Ma voiture s'arrête à peine avant que je sorte et monte les marches en courant.

"C'est assez loin." J'entends le bruit d'un pistolet et quelqu'un sort de derrière moi et le tient contre ma tête. «Ouvre la porte, Stan», dit l'homme, et les portes d'entrée s'ouvrent en grand.

Dans le hall, il y a un autre homme qui pointe une arme sur ma femme. Puis je vois Phoebe attachée à une chaise avec un bâillon sur la bouche. Sa robe est déchirée en haut et on dirait qu'elle a été frappée au visage. Sa joue est rouge et son œil commence à enfler.

« L'avez-vous touchée ? Ma voix est froide et mortelle et je ressens une rage comme je n'en ai jamais ressenti auparavant. "Lequel d'entre vous a fait ça?"

"Petit con m'a mordu", dit le gars derrière moi.

Je jure sur ma femme qu'avant le coucher du soleil, je lui arracherai le cœur de la poitrine.

« Nous sommes ici pour prendre ce qui nous est dû », dit le type nommé Stan.

"Si vous voulez de l'argent, il vous suffit de demander." Je suis choqué de voir à quel point ma voix est devenue calme. Mais je dois être calme pour Phoebe. Même s'ils me tuent, je dois la protéger.

« Ce n'est pas une question d'argent. Son père a déjà raté ce train. Maintenant, nous prenons sa douce petite fille en guise de paiement.

Phoebe pousse un cri étouffé contre son bâillon et mon cœur se brise en mille morceaux. Je dois aller vers elle et la serrer contre moi.

"Où est Mme Birch?" Je demande, essayant de déterminer combien il y en a encore.

"La vieille salope?" dit le gars derrière moi. "Elle est juste là-bas."

Je vois Mme Birch par terre à côté des marches, et je prie pour qu'elle soit juste assommée et pas morte. Au loin, j'entends un chien aboyer, mais je n'arrive pas à me concentrer là-dessus pour le moment.

"Alors Sherman n'a envoyé que deux hommes pour s'occuper de ses dettes ?" Je me protège à nouveau, en essayant de m'assurer qu'il n'y a que eux.

Le gars derrière moi rit et pousse le pistolet contre l'arrière de ma tête. « On dirait que nous deux suffisait, hein ? Ferme ta bouche, joli garçon, et amusons-nous avec elle. En plus, tu n'as pas vraiment besoin d'elle puisque tu as ta petite amie mannequin. Ce petit est juste un extra.

"Ouais, nous allons nous amuser avec elle, juste pour que ce cher vieux papa sache que nous ne jouons pas," dit Stan en attrapant Phoebe par les cheveux et en les tirant en arrière. Elle crie et je jure que ma vision devient rouge.

"As-tu compris tout ça, Roger ?" Je dis à voix haute, et les hommes armés me regardent avec des regards interrogateurs.

"Oui, monsieur", répond le chef de la sécurité, et cela vient du téléphone avec haut-parleur dans ma poche.

« Les fédéraux sont en route ? Je demande, et l'homme à côté de moi pâlit visiblement.

"Oui Monsieur."

"Et juste pour être clair", dis-je en me tournant vers l'homme à côté de moi. « Vous pointez vos armes sur ces connards en ce moment ? »

Trois de mes gardes de sécurité arrivent derrière l'homme dans la maison et pointent leurs armes sur lui. Il laisse immédiatement tomber son arme et s'éloigne de Phoebe.

"Attendez, trouvons un accord", commence à supplier le gars en face de moi. "Nous n'allions pas vraiment lui faire de mal."

Je vois un des gardes venir aider Mme Birch. Heureusement, elle a l'air étourdie, mais d'accord.

"Emmène Phoebe à l'étage", lui dis-je alors que nous passons.

"Boone", dit Phoebe, et je me retourne pour voir qu'ils l'ont détachée et lui ont retiré le bâillon de la bouche.

"Monte a l'étage. Je serais là bientôt." Je tourne mon regard vers l'homme devant moi et il laisse tomber l'arme à ses côtés. "Je vais profiter de ça."

"Attends, attends." Le gars supplie déjà alors que j'enlève mon manteau et que je le laisse tomber par terre.

"La plus grosse erreur que vous ayez jamais commise a été de mettre la main sur ma femme." Je retrousse mes manches. "Combien de temps me reste-t-il, Roger ?"

"Environ sept minutes, monsieur."

"Plein de temps."

Les cris du gars résonnent à travers les arbres alors que je me venge d'avoir touché ma femme. Roger amène l'autre gars, et une fois que le premier est dans un tas de sang, je tourne ma rage contre celui-là aussi.

Alors que je termine, j'entends le bruit des sirènes derrière moi. Roger me tape sur l'épaule et je me lève, puis regarde les deux hommes brisés et battus. Ils sont peut-être encore en vie, mais peut-être pas, et je n'ai aucune once de culpabilité à ce sujet.

"Ce qui s'est passé?" » demande l'agent Moss alors qu'il arrive sur les lieux. Il jette un coup d'œil à mes jointures et à ma chemise ensanglantées, puis aux deux gars au sol.

"Ils ont trébuché", je propose, puis je hausse les épaules.

"J'ai vu cela se produire", me soutient Roger,

"Ça me semble bien." L'agent Moss se retourne et crie par-dessus son épaule pour que quelqu'un fasse sortir les hommes d'ici. "Ce sont les deux dont tu me parlais?"

"Oui, et vous trouverez Sherman Hawthorne chez lui en ce moment, en train d'essayer de quitter le pays."

J'ai eu quelqu'un qui le surveillait depuis le moment où j'ai épousé Phoebe parce que je savais que ce lâche s'enfuirait. Il essayait de conclure un marché, et quand cela n'a pas fonctionné, j'ai su qu'il se dirigeait vers le sud pour disparaître et laisser sa femme et sa fille subir la punition. Plus tôt dans la journée, j'ai envoyé toutes les informations sur ce qui se passait à mes contacts au gouvernement fédéral. L'agent Moss était la personne-ressource, et quand mon informateur m'a dit que Sherman chargeait sa voiture de bagages, j'ai su qu'il était temps d'amener l'artillerie lourde.

La seule chose à laquelle je ne m'attendais pas, c'est qu'ils viennent chercher Phoebe en premier. Je pensais qu'ils s'en prendraient à sa maison et à sa femme, et c'était ma plus grosse erreur dans tout ça. Je sais à quel point Phoebe est précieuse et je savais que si quelqu'un la voyait, il essaierait de me la prendre.

L'agent n'était que trop désireux de démanteler ce réseau criminel et d'éliminer autant de usuriers que possible. Sherman sera celui qui ira en prison, mais il fera disparaître les autres.

"Nous nous occuperons d'ici", dit l'agent Moss, puis lui et son entourage s'en vont.

« Trouvez un médecin ici. Je veux que Mme Birch et Phoebe examinent.

"Déjà fait, monsieur." Roger fait un signe de tête à la voiture qui arrive.

"Merci."

Lui et ses hommes parcourent le périmètre pour s'assurer que nous sommes toujours en sécurité, et ils ont une équipe qui monte la garde à la porte. Je me regarde et je sais que Phoebe ne peut pas me voir comme ça. Je dois d'abord me nettoyer, puis je dois retrouver ma femme.

Chapitre 13

Phoebe

« Boone, le médecin doit pouvoir me toucher pour m'examiner », je fais remarquer l'évidence à mon mari. "Il doit aussi te regarder."

"Je vais bien." Il ignore ses jointures à vif. Boone va loin d'être bien parce qu'il se comporte comme une bête en cage. Il a déjà reçu son sang, mais il est toujours nerveux.

"Je suis trop." Je tends la main et place ma main sur sa cuisse. À mon contact, je sens une partie de la tension quitter son corps. Il pose sa main sur la mienne, joignant nos doigts ensemble.

Nous sommes tous les deux assis ensemble sur le bord du lit. Il est à mes côtés depuis qu'il est entré en courant dans notre chambre et à travers les trois gardes armés qu'il avait sur moi. Il s'est rapproché mais m'a à peine touché. Ce n'est pas mon Boone.

Le pauvre médecin se tient devant nous et veut faire son travail et m'examiner. Tout ce que je veux vraiment, c'est rester seul avec Boone pendant un moment. J'ai encore la tête qui tourne à cause de tout. Je n'arrive pas à croire que tout cela soit arrivé. Je savais que mon père pouvait travailler avec des gens louches, mais là, c'était bien plus que ça.

"Vérifiez-la." Boone prend une longue inspiration. "Je suis calme."

« Calme et bien ? » Je lui cogne l'épaule contre la mienne, essayant de le taquiner un peu. Tout pour le détendre.

« Vérifiez-la », grogne-t-il. Le médecin semble sceptique quant au fait que Boone veuille vraiment qu'il m'examine.

«Je vais devoir la toucher», dit le Dr Adams.

Je n'en veux pas à Boone, mais il a attrapé l'homme par le poignet lorsqu'il a touché mon menton. Il allait seulement pencher ma tête en arrière pour mieux me voir.

"J'ai dit que j'étais calme", grince Boone.

Le Dr Adams hoche la tête, toujours incertain, mais recommence à m'examiner, me posant des questions sur ma douleur et sur la façon dont j'ai subi chaque blessure. Tout cela est un peu flou. Comment les choses peuvent-elles sembler se produire à la fois au ralenti et en avance rapide ?

Mme Birch est passée à l'action, essayant de me donner une chance de courir. Comme si je pouvais réellement la quitter. Elle avait quand même fait tomber l'une des armes des hommes avant d'être projetée contre un mur et cela l'a assommée.

J'avais essayé de me battre, mais je n'étais pas à la hauteur d'eux. Un revers m'a envoyé durement au sol. Quand je suis revenu, j'étais attaché à la chaise. Mme Birch était toujours dehors et je pouvais entendre Beau aboyer quelque part dans la maison.

J'avais tellement peur et j'avais le cœur brisé en les écoutant parler des choses que mon père avait faites. La petite flamme d'espoir que j'avais pour que mon père change sa vie s'est éteinte. Mais ce qui me pesait le plus, c'était la peur de ne jamais avoir pu dire à Boone ce qu'il comptait pour moi. Peu importe comment tout cela se passait, il avait été mon héros. Le seul homme que j'aimerai jamais a besoin d'entendre ces mots de ma part.

« Tout ira bien. Je ne pense pas que vous ayez une commotion cérébrale, mais j'aimerais quand même que vous la réveilliez toutes les heures pendant la nuit pour être en sécurité. Le Dr Adam enlève ses gants.

"Je peux le faire", reconnaît Boone.

"Et Mme Birch?" Je demande à nouveau.

"Je vais la surveiller maintenant." Le Dr Adams sort son téléphone et passe un appel.

Il m'avait déjà dit qu'elle allait bien et qu'elle se rendait à l'hôpital pour un examen plus approfondi en raison de son âge. Heureusement, Beau va bien et s'est installé au bout du lit. Ils l'ont enfermé dans une pièce pour le retenir. Heureusement, ils n'ont pas essayé de le blesser pour m'avoir protégé. Je suppose qu'ils se souciaient plus d'un chien que d'une femme.

« Elle va bien », essaie de me rassurer Boone pendant que le médecin parle à quelqu'un au téléphone. Je tourne la tête pour lui faire face, mais il continue de regarder droit devant lui. J'ai l'impression qu'il ne veut pas me regarder. "Elle est plus dure que nous tous."

« Il a raison », dit le Dr Adams en mettant fin à l'appel. "Je la garde toute la nuit par mesure de précaution."

« Devrions-nous... »

« Non », disent Boone et le Dr Adam en même temps.

"Tu dois te reposer", ordonne Boone. Je ne pense pas qu'il me laissera plus jamais sortir de cette maison. J'étais seulement sorti sur le porche et j'avais vu ce qui s'était passé.

"On va s'occuper d'elle et son mari est avec elle."

« Veux-tu regarder les mains de mon mari ? Je demande.

"Non", répond Boone avant que le médecin puisse me répondre. Je déteste tout ce qui lui arrive. Ça me tue à l'intérieur.

« Je pense que je vais vous laisser tranquilles tous les deux. J'appellerai demain pour vérifier.

« Merci », dis-je alors que le médecin quitte la chambre et ferme la porte derrière lui. La pièce devient silencieuse et je commence à craindre que Boone soit en colère contre moi. Il m'avait dit de ne pas sortir. Je n'avais pas complètement écouté et, dans mon enthousiasme, j'avais enfreint la seule règle qu'il m'avait donnée.

"Boone, embrasse-moi." Finalement, il tourne la tête vers moi et ses doigts se resserrent autour des miens.

"Ils t'ont touché." Je tressaillis en retirant ma main de la sienne.

Est-ce pour ça qu'il ne veut pas me regarder ? Je ne comprends pas. J'avais menti à Boone le premier soir et lui avais dit que j'avais été avec quelqu'un d'autre. Il s'en fichait alors – enfin, pas assez pour l'empêcher de m'avoir.

"Putain!" Il a l'air irrité alors qu'il saute du lit. « Je ne voulais pas dire ça de cette façon, pétale. Je veux dire, je t'ai laissé tomber. Il passe ses doigts dans ses cheveux. "Je suis ton mari. Je suis censé te protéger. Je me suis dit que c'était pour ça que je pouvais t'avoir, et à cause du deal de ton père, c'est pour ça que ce n'était pas foutu que je t'aie acheté. Je savais que je serais gentil avec toi et que je ferais ce qu'il te faut. Je serais meilleur que quiconque à qui ton père aurait pu essayer de te vendre et j'ai échoué !

L'espoir fleurit dans ma poitrine. Il n'est pas en colère contre moi. Il est en colère contre lui-même parce que j'étais en danger.

« Vous ne m'avez pas fait défaut. Tu m'as sauvé." Je me lève du lit et me dirige vers lui. "Tu m'as sauvé", je répète. "Tu es mon héros et je t'aime."

"Tu m'aimes?" Il me regarde comme si j'avais dit la chose la plus ridicule au monde.

"Eh bien, je serais contrarié si ce que cet homme a dit à propos de votre sortie avec ce mannequin était vrai." C'est terrible, mais c'est surtout ça qui m'a rendu furieux. Malheureusement, ce n'était pas choquant que l'amour de mon père ait un prix, mais Boone m'a fait croire que nous pouvions être réels. Il voulait que nous soyons réels.

"Je ne sais même pas de quoi tu parles."

"J'ai vu la photo." Je lève les yeux au ciel et commence à prendre du recul. Boone tend la main et m'attrape par le poignet, me ramenant vers lui. Il ne pense peut-être pas qu'il devrait m'embrasser, mais il ne me laisse pas partir.

« Parlez-vous de Christy Campbell ? » Je me mords la lèvre et baisse les yeux. Sa main se pose sur mon menton et je relève la tête pour le regarder. «Je ne suis jamais sorti avec elle. Nous étions tous les deux donateurs pour un événement il y a quelques mois et avons posé pour quelques photos. J'étais déjà obsédé par toi, et je ne peux jamais te faire ça. Je ne suis pas cet homme. Je ne suis pas ton père.

"Ce n'est pas le cas", je suis d'accord. "C'est pourquoi je t'aime."

"Je ne le mérite pas encore, mais je vais le prendre, et je vais passer le reste de ma vie à le gagner", dit-il avant de me donner enfin ce que je veux et de baisser la bouche. sur le mien.

Maintenant, je veux autre chose que son baiser. Autant j'aime son obsession pour moi, autant je veux être aimé de lui aussi.

Chapitre 14

Boone

« As-tu une idée de ce que je ressens pour toi, pétale ? Je prends son visage dans mes mains tandis qu'elle me regarde.

"Je sais que tu me veux." Ses yeux sont suppliants, mais elle ne dit pas ce qu'elle pense vraiment.

"Bien sûr que je te veux, n'importe quel homme le ferait." J'embrasse doucement ses lèvres puis je la regarde à nouveau. «Dès le moment où je t'ai posé les yeux, je t'ai aimé. Je t'aime maintenant de chaque morceau de mon âme, et même dire que je t'aime ne me semble pas assez fort.

"Boone." Des larmes se forment dans ses yeux et je les essuie avec mes pouces.

« Ne pleure pas, Phoebe. Cela me brise le cœur de voir tes larmes même si elles sont heureuses. Je l'embrasse encore une fois parce que je dois avoir sa bouche sur la mienne. «Je t'aime et je t'aime depuis que je sais que tu existes. Tu étais à moi au moment où tu m'as croisé. J'avais juste besoin de te laisser le temps de m'en rendre compte.

"Pourquoi pensais-tu que j'avais besoin de temps?"

"Parce que je sais que je suis fou de toi." Cette fois, un sourire se dessine au coin de mes lèvres. "Je suis conscient à quel point je suis fou quand il s'agit de toi et de ton contact. J'avais peur que si je disais "Je t'aime", tu cries vers les collines, mais j'avais clairement tort.

"Peut-être, mais il ne m'a fallu qu'un jour pour réaliser que tu tenais à moi plus que quiconque auparavant."

Mon sourire disparaît quand je pense à sa famille et à la façon dont ils l'ont traitée. « Je ferai en sorte que tu n'aies plus jamais à t'inquiéter de quoi que ce soit. Tu comprends ça, pétale ? Je vais te protéger pour toujours.

« Est-ce que cela signifie que je peux sortir de la maison à un moment donné ? Ses yeux sont taquins et je presse mon front contre le sien.

"Oui. Maintenant que la menace est levée, je veux vivre une vie à peu près normale.

"Quelque peu?"

"J'ai toujours l'intention de te garder sous moi jusqu'à ce que je te tombe enceinte." Ma main passe de sa joue à son ventre. "Je veux un bébé ici avant de t'emmener avec d'autres hommes."

"Peut-être que tu devrais continuer d'essayer juste au cas où."

Elle tire un peu sur sa robe et mes doigts touchent sa chatte nue. "Où est ta culotte?" Ma voix est tendue, et l'idée qu'elle ne les porte pas pendant que ces hommes étaient là me donne envie de rager.

"Détends-toi, je les ai enlevés quand je me suis couché." Elle passe ses lèvres sur les miennes. "J'espérais pouvoir t'inciter à t'allonger avec moi."

"Pétale, tu pourrais respirer et je serais tenté." Mes doigts descendent plus bas et écartent ses lèvres. Elle est lisse et douce quand je frotte son clitoris.

"Boone," haleta-t-elle et ses yeux se fermèrent.

"Regardez-moi." Elle ouvre les yeux et j'acquiesce. «J'aurais pu te perdre. Ne ferme pas les yeux sur moi maintenant. Je veux voir que tu es là et que tu es avec moi.

Elle hoche la tête en écartant les jambes et je continue de la frotter pendant que je me déplace entre elles. Ses yeux restent fixés sur moi pendant que je couvre sa chatte avec ma bouche et que je la lèche jusqu'au centre. Elle crie et saisit les draps pendant que je continue de lécher, de laper sa crème sucrée.

"Le mien", dis-je en écartant ses genoux et en poussant ma langue à l'intérieur de sa chatte. Elle a le goût le plus sucré ici, et je gémis à quel point c'est bon. "J'ai besoin de te baiser."

"Ne me fais pas attendre." Elle m'attrape déjà alors que je tâtonne avec ma ceinture et que je sors ma bite.

Je suis toujours entièrement habillée et elle ne porte qu'une fine chemise de nuit, mais cela ne m'empêche pas de la réclamer. Rien ne le fera jamais.

"Je veux que tu sois rassasié de mon bébé", je grogne en m'enfonçant à fond, et elle gémit. «Je veux t'élever jusqu'à ce que tu me donnes un enfant. Alors je sais que tu ne pourras jamais me quitter.

"Je ne vais nulle part." Elle prend mon visage entre ses mains.

«Je t'aime, Phoebe. Vous ne pouvez jamais essayer de vous enfuir. Je ne survivrai pas à la vie sans toi.

"Je t'aime aussi, Boone."

"Si tu n'étais pas déjà ma femme, je te ferais m'épouser à nouveau maintenant." J'enfouis mon visage dans le creux de son cou alors que je pousse plus fort. Sa chatte me serre et je gémis. "Je veux m'attacher à toi aussi étroitement que possible."

"Plus." Elle soulève ses hanches, m'emmenant plus profondément.

Ma bite s'enfonce plus profondément dans sa gaine serrée et je la sens se serrer alors qu'elle s'accroche désespérément à moi. "Quand tu as un orgasme, je veux que tu sois immobile pour que je puisse mettre tout mon sperme en toi."

Elle hoche la tête à ma commande et je me place entre nous. Mes doigts frottent son clitoris et, à mesure qu'ils accélèrent, elle halète et s'accroche à ma chemise. Je sens ses ongles s'enfoncer en moi, mais j'ai envie de sa marque en ce moment.

Quand son dos se cambre et qu'elle crie, je la coince et enfonce ma bite profondément. Elle s'agrippe à moi encore et encore alors que son point culminant traverse son corps. Quand je sais qu'elle est ouverte et prête, je jouis juste contre son col pour m'assurer que ma graine prend racine.

"Le mien!" Je rugis en me déversant dans son corps.

C'est si intense que je peux voir où je m'infiltre lors de notre connexion, et j'utilise mes doigts pour le frotter dans sa chatte. Je veux ma marque partout sur son corps, et cela contribue grandement à apaiser ma frénésie exaspérante de la réclamer.

En tendant la main, j'attrape un oreiller et le glisse sous ses fesses pour la maintenir dans cette position. "Nous allons rester comme ça pendant un moment, puis nous recommencerons."

Ses yeux sont cagoulés et son sourire est doux et doux alors qu'elle déboutonne ma chemise. "Seulement si tu es nue cette fois."

«J'étais un peu pressé», dis-je penaud, et elle rit. «Mon Dieu, j'adore ce son. Et je t'aime."

«J'aime à quel point tu continues à le dire», acquiesce-t-elle.

"Maintenant que tu ne cours plus vers les collines, je vais le dire chaque fois que j'en ai l'occasion." Je dépose une partie de mon poids sur elle alors que je passe mes doigts contre sa joue. « Aujourd'hui m'a rappelé que la vie est courte et que je dois me rappeler ce qui est important. C'est toi, pétale.

Cette fois, quand on fait l'amour, c'est plus lent et moins précipité. Je prends mon temps pour aimer son corps et l'embrasser chaque centimètre avant qu'elle ne tombe par-dessus bord. Ma femme est la chose la plus précieuse de ma vie et mes vœux le jour de notre mariage resteront valables pour le reste de notre vie.

Je l'aimerai jusqu'à mon dernier souffle, puis jusqu'à toujours.

Épilogue

Phoebe

Quelques années plus tard

Que fait cette fille ? Ma petite amie Gracie jure qu'elle a un plan d'évasion pour moi, mais je n'ai aucune idée de comment elle va y parvenir. Comment s'échapper d'une maison dotée d'un portail géant et d'une sécurité ? De toute évidence, elle a un plan, car elle dit qu'elle sera là dans quelques instants.

Lorsque l'alerte de la porte d'entrée retentit dans la maison, je saute du canapé, jetant la couverture que j'ai sur moi. Si quelqu'un passait par là, j'aurais l'impression de profiter du feu et de lire un livre à côté du sapin de Noël. Vraiment, je suis tout habillé, avec mon portefeuille rangé, prêt à partir.

Je me précipite vers la porte d'entrée et jette un coup d'œil pour voir un camion de livraison arriver. Ma bouche s'ouvre quand je vois que Gracie est à la place du conducteur. Elle m'avait dit qu'avant de se marier avec Donavan, elle avait été facteur, mais d'après ce que j'ai compris, c'était il y a des années. Maintenant, elle est une mère au foyer, tout comme moi.

En fait, je l'avais rencontrée alors que j'étais à Hollow Oak un week-end. Nous sommes rapidement devenus amis. Nous étions toutes les deux enceintes en même temps. Gracie est pleine de lumière et difficile de ne pas aimer. Son mari peut ressembler beaucoup à Boone en matière de surprotection.

«Je l'ai», dis-je lorsque Brock, l'un des membres de l'équipe de sécurité, sort.

« Plus de cadeaux ou de décorations cette fois ? » il me taquine. Ce n'est une surprise pour personne qu'un autre camion de livraison soit là. Noël est autour du coin.

"Je ne le dirai jamais", je ris en ouvrant la porte et en me glissant dehors.

Gracie ouvre la porte pour que je me précipite dans son camion. Je ris quand je vois un homme en uniforme de livreur assis sur une boîte à l'arrière en train de manger un sandwich. Il me relève le menton avant de reprendre une bouchée de son sandwich.

"Je t'avais dit que j'avais un plan." Gracie sourit.

"Je ne peux pas te croire." Elle ferme la portière derrière moi avant de remonter sur le siège conducteur et de s'enfuir dans l'allée. Les portes s'ouvrent pour elle. Mon Dieu, je vais me lancer dans les faveurs sexuelles accordées à mon mari pour m'assurer que personne ne soit viré à cause de ça, mais bon sang, c'est excitant.

Sinon, comment allais-je réussir à lui offrir quelque chose pour Noël ? Je veux lui faire une surprise qu'il ne voit jamais venir. Lorsque je commande des choses en ligne, je suis sûr qu'il peut tout voir. Cela rend difficile de faire quelque chose de spécial.

Il s'est un peu assoupli au fil des années en matière de sécurité. D'autant plus lorsqu'il est à la maison, ce qui est la plupart du temps puisqu'il travaille la plupart du temps à domicile. Même maintenant, il est dans son bureau en communication. Mme Birch veille sur Rosy, qui fait la sieste en ce moment. Je lui ai dit que j'avais quelque chose à régler cet après-midi. Elle a seulement haussé un sourcil vers moi mais n'a pas insisté pour obtenir des détails.

Je ne sais pas ce que je ferais sans elle. Depuis qu'elle s'est brouillée avec mes deux parents, elle s'est vraiment glissée dans le rôle de mère pour moi. Honnêtement, elle est plus une maman pour moi que la mienne ne l'a jamais été.

Ce n'est pas seulement Mme Birch; c'est aussi la poignée d'amis que je me suis également fait dans la petite ville de Hollow Oak. Eux aussi nous ont accueillis à bras ouverts. Je ne pensais pas qu'une ville pouvait à ce point ressembler à une famille.

"Je te le dois, Ben!" » dit Gracie alors qu'elle se dirige vers le cœur de Hollow Oak et se gare devant la boutique de robes de mariée de Val.

«Tu sais que j'adore cuisiner. On est quittes." Il met le reste du sandwich dans sa bouche tandis que Gracie se retire de l'uniforme qu'elle a enfilé par-dessus ses vêtements.

« Dans quelle mesure allez-vous avoir des ennuis, à votre avis ? » » demande Gracie en m'ouvrant la porte pour que nous puissions sortir du camion de livraison. Je lève les yeux quand je vois la neige commencer à tomber, ce qui me fait sourire.

"Beaucoup." Je ris. Je vais profiter pleinement de ma punition.

"Je suis vraiment enthousiaste!" » dit Valérie en ouvrant la porte de sa boutique de vêtements avant même que nous puissions y arriver. "Je ne sais pas pourquoi je ne fais pas ça depuis des années, et je dois vous remercier." Elle m'embrasse sur la joue quand je l'atteins.

"Ce n'était qu'une idée." La première fois que je suis entrée chez Valérie, j'ai été époustouflée par ses robes. Comme j'étais déjà mariée et que je n'étais pas à la recherche d'une robe de mariée, je lui avais demandé si elle avait de la lingerie. À partir de là, elle et Gracie ont commencé à dessiner des designs. J'ai fait quelques demandes moi-même et je suis ici pour les essayer aujourd'hui. Je ne vois rien que Boone aimerait plus que la lingerie personnalisée que j'ai conçue pour lui.

"Viens, je veux que tu essayes tout ça." Elle m'entraîne dans le magasin et vers le dressing. "J'ai fait ces deux-là en blanc et celui-ci dans un rose pétale tendre." Elle remue les sourcils. Je passe mes doigts sur le tissu doux et soyeux.

"J'adore les volants sur cette culotte", je soupire, me demandant comment je vais tenir le coup pour Noël. Je devrais peut-être faire ça la veille de Noël.

"Ma fille, personne ne peut jouer tout ce truc innocemment sexy comme toi", dit Gracie en me tendant une coupe de champagne. Je prends une gorgée puis la pose pour me changer.

Mais elle a raison. Peu importe toutes les choses sales que Boone me fait, je rougis toujours comme une écolière qui n'a pas été avec son mari de toutes les manières possibles. Je n'y peux rien. Gracie tire le rideau pour me laisser me glisser dans la lingerie. Bien sûr, je choisis d'abord le rose, en enfilant la culotte à volants.

C'est tout ce que je peux faire avant d'entendre mon nom hurler quelque part à l'extérieur. Mon corps réagit instantanément, le désir s'accumule entre mes cuisses, mes tétons durcissent.

"Nous allons nous échapper par l'arrière", rit Gracie. Un instant plus tard, j'entends la cloche du magasin de vêtements cogner contre la porte.

"Petal, tu penses que tu peux me faufiler?"

"Comment m'as-tu trouvé si vite?"

"Je sais toujours où tu es." Il arrache le rideau du dressing. Je n'ai toujours que la culotte. « Tu es... » Il arrête de grogner quand il me voit debout là.

"Vous gâchez votre surprise." Je posai mes mains sur mes hanches, levant le menton en signe de faux défi.

"Baise-moi." Sa respiration devient lourde.

« Le but est que vous... » Je m'arrête. J'adore quand Boone me dit des cochonneries, mais bon sang, c'est difficile de le faire moi-même.

« Dis-le pour moi. Je veux que tu le dises, » ordonne-t-il.

"Le but est que tu me baises." Je me lèche les lèvres. "Je suis désolé de m'être faufilé", dis-je en tombant à genoux devant lui. "Je vais me rattraper." J'attrape sa ceinture.

« Tu me surprends toujours, pétale. Je vous promets. Ce n'est pas difficile pour vous de le faire. Il se penche, me tire de mes genoux et me prend dans ses bras. "Je t'aime."

"Je t'aime aussi", dis-je alors qu'il me plaque contre le mur du vestiaire. "Même si tu as gâché ta surprise de Noël."

"Tout ce dont j'ai toujours besoin, c'est de toi."

Il est aussi tout ce dont j'aurai besoin.

Épilogue

Boone

Plusieurs années après...

« Est-ce que tout est prêt ? Je demande à Curt alors qu'il entre dans la cuisine. Je suis là pour vérifier la restauration et m'assurer que tout est parfait.

« Tu doutes de mes capacités, mon frère ? » Il lève les yeux au ciel et attrape un morceau de bacon sur le comptoir.

"Je doute de votre souci du détail."

"Se détendre. La journée d'aujourd'hui se déroulera exactement comme elle est censée se dérouler.

« Ce n'est pas ce que j'espère. Je veux la perfection.

"Même différence." Il hausse les épaules alors qu'il se retourne pour sortir et je lui lance un rouleau derrière la tête. Comme s'il savait que cela allait arriver, il se retourne et l'attrape avant qu'il ne l'atteigne. "Détends-toi, Boone, je t'ai eu." Avec un clin d'œil, il quitte la cuisine et je grogne.

«Le chef a dit que tout serait préparé à temps», dit Mme Birch en venant de l'arrière. "Tu dois te dépêcher si tu veux être prêt quand elle arrivera."

Elle dénoue son tablier et lisse sa jolie robe avant de me regarder. Elle redresse ma cravate puis attrape la fleur sur la table et l'épingle à mon costume.

"Merci", je soupire, me sentant nerveux.

"Elle va adorer ça." Elle me tapote la joue et suit Curt hors de la cuisine et dans le jardin.

Je me dirige vers le devant de la maison et reste là, les mains devant moi, essayant de ne pas avoir l'air nerveux. Au loin, j'aperçois la voiture qui descend l'allée et je respire. Je peux le voir devant moi lorsque j'expire. Le froid de l'hiver est enfin arrivé à Hollow Oak. C'est une bonne chose, car aujourd'hui j'ai besoin que la température reste basse.

Le chauffeur gare la voiture devant la maison et quand Phoebe sort par l'arrière, elle me regarde avec confusion. "Que se passe-t-il?"

Je l'ai envoyée au salon tôt ce matin, puis pour qu'elle se fasse dorloter avant de rentrer à la maison. Il suffisait juste de temps pour tout mettre en place, et maintenant la vraie surprise commence. Je descends pratiquement les marches parce que je ne supporte pas d'être loin d'elle ne serait-ce qu'un instant. Elle sourit en me regardant et je ne peux m'empêcher de l'embrasser.

« De quoi s'agit-il ? »

"J'aime ta robe." C'est un rose pâle avec de la dentelle partout. Il épouse magnifiquement ses courbes.

"Merci. Je pensais que c'était idiot de le mettre, mais quand je l'ai essayé dans la boutique de Valérie, elle m'a dit que je devrais le porter.

"Laisse moi te montrer quelque chose." Je prends sa main dans la mienne et nous entrons.

"Quelque chose sent bon."

"Avez-vous faim?" Je demande et elle acquiesce. « Nous allons bientôt manger. Reviens avec moi.

La façon dont elle me regarde avec une curiosité excitée est tellement mignonne que j'ai envie de la baiser ici même, dans le hall.

Quand nous arrivons aux portes qui ouvrent sur le patio extérieur, elle halète. Devant nous se trouve un paradis enneigé, avec des roses blanches sur chaque surface qui resteraient immobiles. Tout le monde est là, et quand ils nous voient, ils se lèvent tous et la musique commence.

Phoebe se tourne vers moi avec de grands yeux. "Qu'est-ce que tu as fait?"

«Je sais que notre premier mariage n'était pas exactement ce que vous aviez imaginé quand vous étiez petite, et je savais qu'un jour je voudrais arranger ça. Pendant toutes les années où nous en avons parlé, vous n'avez jamais insisté, alors j'ai pensé que c'était quelque chose que je devais prendre en main.

"Oh mon Dieu, tu vas me faire pleurer." Elle évente son visage comme si cela allait sécher les larmes qui arrivaient.

«Je t'aime tellement, pétale. Vous méritez un mariage parfait pour accompagner notre histoire de conte de fées. Je prends son visage à deux mains et me penche pour l'embrasser. Il est chauffé et passe rapidement d'un petit bec à quelque chose de bien plus.

Lorsqu'elle recule, ses joues sont rouges et elle se mord la lèvre inférieure. La foule applaudit et rit tandis que je la tire contre moi.

"Alors, vas-tu m'épouser à nouveau?" Je hoche la tête en direction de l'arche devant moi, couverte de roses blanches et de neige. "Ce serait dommage de gâcher toutes ces décorations."

"Tu es fou." Elle se met sur la pointe des pieds pour me donner un autre rapide baiser. "Mais je t'aime, et oui, bien sûr, je t'épouserai à nouveau. Je t'épouserais mille fois, Boone.

"Si c'est ce que tu veux, je le ferai."

« Ne deviens pas folle », rit-elle, puis son visage devient sérieux. "Je le pense vraiment, Boone, sérieusement, ne fais pas ça mille fois."

"Juste lors d'occasions spéciales?" Je me protège et elle secoue la tête.

Prenant sa main dans la mienne, nous nous tournons vers l'arche et marchons lentement dans l'allée. Nos enfants sont assis avec Mme Birch et elle essuie des larmes de joie lorsque nous la croisons. Valerie et Tidas sont de l'autre côté, avec Donovan et Gracie. Curt est devant moi en tant que témoin, et je soupire de soulagement qu'il ait réussi à m'aider à y parvenir.

Lorsque nous nous arrêtons devant le ministre, Phoebe prend le bouquet de fleurs qui l'attend, et je vois qu'elle se remet à pleurer.

"Ne fais pas ça," dis-je doucement en prenant mes mouchoirs et en les essuyant.

«Je n'y peux rien. Je suis si heureuse et reconnaissante pour toi. Je ne peux pas croire que tu as fait tout ça.

"Il a eu de l'aide", intervient Curt, et tout le monde rit.

"C'est vrai." Je lui souris. "Maintenant, dépêche-toi et dis 'oui' pour que je puisse t'emmener hors d'ici et que nous puissions commencer notre lune de miel."

L'étincelle du désir brille dans ses yeux et elle hoche la tête, aussi prête que moi à célébrer.

Heureusement, la cérémonie n'est pas longue, mais elle est un peu plus romantique que notre dernier mariage. Quand nous nous embrassons, tous les enfants accourent et nous les embrassons ensemble, si heureux qu'ils puissent voir ça aujourd'hui. Je veux qu'ils voient à quel point j'aime leur mère et que je réaliserai toujours ses rêves. Peu importe à quel point ils peuvent paraître ridicules ou exagérés.

Phoebe est rayonnante et elle est la mariée d'hiver parfaite parmi la neige et les fleurs. Je n'aurais pas pu rêver d'une épouse plus incroyable, ou d'une vie éternelle plus parfaite, et je suis reconnaissant de pouvoir vivre chaque jour avec elle à mes côtés.

* * *

LA FIN !

Don't miss out!

Visit the website below and you can sign up to receive emails whenever Père Lolo publishes a new book. There's no charge and no obligation.

https://books2read.com/r/B-A-WAWIB-TYLID

BOOKS 2 READ

Connecting independent readers to independent writers.

Did you love *La Mariée d'hiver*? Then you should read *Mon Harceleur, mon Protecteur*[1] by Père Lolo!

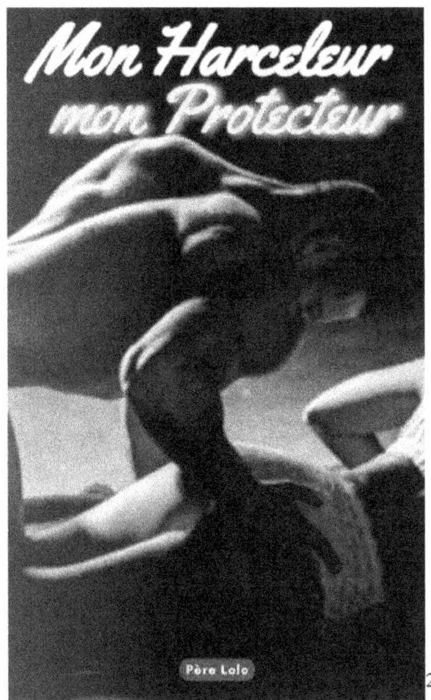

[2]

Scout Snyder, étudiant en première année d'université, est harcelé par un harceleur dérangé.

Son frère quitte la ville et a besoin de quelqu'un de grand et de fort pour la protéger pendant son absence. Il n'y a pas de meilleur choix que son meilleur ami, la star du baseball universitaire Cash Jenner.

Il n'y a qu'un seul problème... Cash est le harceleur de Scout. Et elle vient d'être jetée au loup.

---

1. https://books2read.com/u/mvL7yJ

2. https://books2read.com/u/mvL7yJ

Also by Père Lolo

Échos de passion
Une épouse pour un milliardaire
Le Passager Clandestin
Mauvais avec l'amour
Steve du Nouvel An
Ma Violente Valentine
La Déesse de l'île
Réclamer sa Propriété
3 fois plus de chaleur
3 fois plus de chaleur
Jaune
L'éternité du Milliardaire
Attendre pour toujours
Celui qui s'est enfui
La Caresse du Milliardaire
Mauvais Enseignant
Mon Harceleur, mon Protecteur
La Mariée d'hiver

www.ingramcontent.com/pod-product-compliance
Lightning Source LLC
Chambersburg PA
CBHW061617130726

47996CB00003B/1016